D1096292

EL JUEGO DE LA CIENCIA

La ciencia y tú

Selección de los mejores experimentos

del **Ontario Science Center**

ONIRO

COLECCIÓN DIRIGIDA POR CARLO FRABETTI

Título original: *The Jumbo Book of Science* (selección páginas: 1-49, 96-113 y 188)
Publicado en inglés por Kids Can Press Ltd., Toronto, Ontario, Canada

Traducción de Joan Carles Guix

Diseño de cubierta: Valerio Viano

Ilustración de cubierta: Tina Holdcroft

Ilustraciones del interior:
    Pat Cupples: pp. 6-7, 10-13, 17-35, 96-97, 106-111
    Linda Hendry: pp. 36-49
    Tina Holdcroft: pp. 8-9, 14-16, 98-99, 101-105, 112-113

Distribución exclusiva:
Ediciones Paidós Ibérica, S.A.
Mariano Cubí 92 – 08021 Barcelona – España
Editorial Paidós, S.A.I.C.F.
Defensa 599 – 1065 Buenos Aires – Argentina
Editorial Paidós Mexicana, S.A.
Rubén Darío 118, col. Moderna – 03510 México D.F. – México

Text copyright © 1994 by The Centennial Centre of Science and Technology
Illustrations copyright © 1994 Pat Cupples, Linda Hendry and Tina Holdcroft

© 2003 exclusivo de todas las ediciones en lengua española:
    Ediciones Oniro, S.A.
    Muntaner 261, 3.º 2.ª – 08021 Barcelona – España
    (oniro@edicionesoniro.com – www.edicionesoniro.com)

ISBN: 84-9754-074-3
Depósito legal: B-25.367-2003

Impreso en Hurope, S.L.
Lima, 3 bis – 08030 Barcelona

Impreso en España – *Printed in Spain*

ÍNDICE

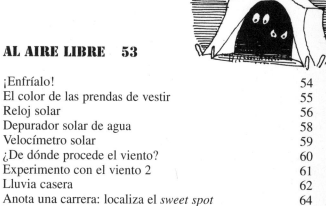

AGRADECIMIENTOS

Los libros del Centro de Ciencia de Ontario no hubieran podido hacerse realidad sin los conocimientos, las ideas, la paciencia y el compromiso de numerosas personas, entre las cuales figuran las siguientes: Judy Arrowood, Jamie Bell, Randy Betts, Peter Birnbaum, Julie Bowen, Lorraine Brown, Allan Busch, Bruce Crabe, Luigia Dedivitiis, Marici Dillon, Debra Feldman, Elisabeth Frecaut, Jeffrey Golde, Eric Grace, Daryl Gray, Becky Hall, Valerie Hatten, Kim Humphreys, Judy Janzen, Thom Jenkins, Jerry Krause, Martin Leek, Jennifer Martin, Hooley McLaughlin, Ron Miller, Jennifer Murray, OSC Host Group, Linda Pacheco, Gary Pattenden, Gary Renaud, Bill Robinson, Ivan Semeniuk, Grant Slinn, David Spence, Cathie Spencer, David Steeper, David Sugarman, Earl Sweeney, Chris Szweda, Paul Terry, Patrick Tevlin, Roberta Tevlin, Vic Tyrer, Tony Vander Voet, George Vanderkuur, Kevin Von Appen, Carol White y todo el personal del Centro de Ciencia de Ontario, cada uno de los cuales, a su manera, ha hecho posible estos libros.

EL CUERPO HUMANO

UN MISTERIO EN LA PUNTA DE LOS DEDOS

HAS SOSPECHADO alguna vez que alguien ha estado en tu dormitorio sin pedir permiso? Veamos un sencillo experimento de impresión de huellas dactilares que te ayudará a descubrir al culpable.

Material necesario:
almohadilla de tinta
hoja de papel
polvos de talco
pincel fino
cinta de celofán transparente
papel negro brillante (si es azul oscuro, también dará resultado, aunque no tanto)

1. Antes de que alguien se convierta en un sospechoso, consigue una colección de las huellas dactilares de todos los posibles candidatos. Pide a cada cual que presione los dedos, uno a uno, en la almohadilla, y luego hazlos rodar sobre una hoja de papel (colócala sobre una superficie dura). Para obtener el diseño completo, no debes limitarte a presionar el dedo en el papel, sino hacerlo girar.
2. Examina las impresiones. Tal vez sepas que las huellas dactilares de cada persona son únicas y exclusivas, diferentes a todas las demás, pero la pregunta es: ¿tiene cada cual la misma huella en todos los dedos?
3. Ahora llega el momento de ver si eres capaz de comparar las huellas dactilares de un sospechoso con las que hay en tu dormitorio. Espolvorea un poco de polvos de talco sobre diversas superficies duras, tales como un escritorio, un interruptor eléctrico y el tirador de la puerta.

4. Sopla suavemente el polvo para eliminar la mayor parte del mismo excepto en los lugares en los que quede adherido a las huellas dactilares y otras marcas de grasa.

5. Para revelar las huellas, pasa muy suavemente un pincel fino por las áreas espolvoreadas hasta que aparezca el diseño. Se requiere un poco de práctica para aprender a pasar el pincel con el que revelar el diseño sin dañar la impresión.

6. Si deseas examinar la huella dactilar o guardarla, puedes hacerlo presionándola con un pedacito de cinta de celofán transparente y luego despegándolo con el diseño de polvos de talco. Pega la cinta en el papel negro brillante y podrás ver la impresión con mucha claridad.

7. Ahora compara las huellas dactilares que tomaste a los sospechosos con las que has encontrado en tu dormitorio. Si alguna de ellas coincide, es probable que hayas dado con el culpable.

¿Qué son las huellas dactilares?

Si observas tu piel bajo el microscopio, descubrirás que presenta innumerables hoyuelos diminutos, llamados poros, a través de los cuales afloran a la superficie y se evaporan la grasa y el sudor. Cuando tocas un objeto, la grasa y el sudor de las marcas de las yemas de los dedos dejan una huella invisible. Posteriormente, el polvo se adhiere poco a poco a los leves depósitos dactilares grasos y revela las huellas de quienes los dejaron.

Este método de encontrar y recoger las huellas dactilares se utiliza desde que sir Francis Galton lo instituyera a mediados del siglo XIX.

ALGUNA vez has ido andando por la calle y de repente has tropezado con... nada?

Tus amigos te miran y bromean: «¿Un granito de arena, tal vez?».

¿Qué ha sucedido?

Para descubrirlo, busca un sitio retirado, a ser posible en la hierba, pues es más blanda, en el que puedas tumbarte boca abajo y observar cómo camina la gente.

¿Levantan mucho los pies del suelo?

¿Eres un «corta margaritas»?

Cuando caminas por un campo de margaritas, ¿sueles cortar los tallos de las flores con los pies?

Esto es precisamente en lo que la gente suele fijarse al comprar caballos o perros si necesitan que sean veloces o resistentes en largas distancias. Un animal que apenas levanta las patas del suelo (un «corta margaritas») no desperdicia energía y puede así utilizarla para realizar distintas tareas, tales como la caza, las carreras, la vigilancia de rebaños de ovejas o tirar de un carro. En la actualidad, existen formas más sofisticadas de medir la elevación de las patas de un animal, aunque los mejores siguen siendo aquellos que cortan los tallos de las margaritas.

Lo opuesto de un «corta margaritas» es un paso de caballo de silla. Quizá hayas visto caballos que levantan mucho las pa-

tas, adoptando un paso primoróso y brincado. En esto consiste un paso de caballo de silla. Puede parecer precioso, pero desde luego resulta muy ineficaz en cuanto a ahorro de energía.

Ahora, partiendo de tus propias observaciones, decide si la gente es buena «corta margaritas». En realidad, podrían serlo. La mayoría de los peatones apenas levantan los pies 1 cm del suelo. Andar de este modo es eficaz desde una perspectiva energética, ya que sólo se hace el trabajo estrictamente necesario para desplazarse.

Por desgracia, basta un pequeño relieve en el pavimento para que un «corta margaritas» dé un traspié. Y luego, claro está, la consabida broma de: «¿Un granito de arena, tal vez?».

¿Eres un «flotador»?

Regresa a tu puesto de observación de pies y fíjate ahora en los practicantes de *jogging*. ¿Podrías adivinar dónde reside la diferencia entre el paso de un corredor y el de una persona que camina?

Los corredores «flotan», o lo que es lo mismo, pasan una parte del tiempo con los dos pies levantados del suelo. Y cuanto más deprisa corren, más tiempo permanecen los pies en el aire. Por el contrario, los caminantes siempre tienen un pie en el suelo. Veamos si eres capaz de detectar esta diferencia al comparar tu paso al correr y al andar. ¿Notas como «flotas»?

Detective de huellas

¿Sabes cuál es la diferencia entre las huellas de las pisadas de alguien que corre o que anda?

Material necesario:
2 pies desnudos
acera o pavimento
cubo de agua

1. Mójate los pies en el cubo de agua.
2. Camina por la acera o pavimento. Observa las huellas que dejas.
3. Mójate de nuevo los pies y corre por la acera. ¿Detectas la diferencia entre las huellas de tus pisadas al andar y al correr?

Al caminar, los pies se mueven paralelos entre sí, como si se desplazaran siguiendo dos pistas separadas, mientras que al correr, van una detrás de la otra, componiendo una sola pista.

Al igual que con los «corta margaritas», la «pista única» ahorra energía. Cuando las piernas se mueven en pistas separadas, te balanceas de lado a lado al cambiar de pierna, desperdiciando energía. Al andar, debes ceñirte al sistema de pistas paralelas para mantener el equilibrio. Piensa en lo difícil que resulta caminar colocando un pie directamente delante del otro. Pero es más fácil mantener el equilibrio cuando te mueves más deprisa, ya que puedes desplazarte con sólo una pierna a la vez situada justo debajo del centro del cuerpo. La energía que ahorras al evitar el balanceo puedes emplearla para mover más deprisa las piernas. Para ver cómo funciona, intenta correr con las piernas trazando dos pistas paralelas.

INTERCAMBIO DE CALZADO

MATERIAL NECESARIO:
un amigo que tenga los pies del mismo tamaño que los tuyos
sus zapatos usados

1. Cálzate los zapatos de tu amigo y dile que se calce los tuyos.
2. Dad un paseo.

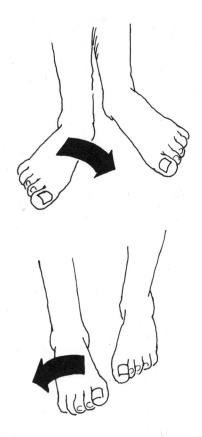

¿Te sientes incómodo? ¿Tus pies se mueven de una forma ligeramente diferente que de costumbre? Esto es debido a que los zapatos usados son la memoria en piel del paso de su dueño al andar. Póntelos y te obligarán a caminar como él suele hacerlo. Cada cual tiene una forma distinta de andar.

Un paso normal avanza con suavidad, empezando por el talón y rodando hacia delante hasta llegar al firme apoyo de los dedos de los pies. El pie hace contacto con el suelo con el borde exterior del talón. Luego, rueda hacia delante, hasta lo que sería la parte más estrecha de la huella, y se desplaza hacia dentro, hasta apoyar la parte blanda del pie.

Cuando el pie tiende a rodar más hacia dentro, en dirección al dedo gordo, se denomina pronación, y si rueda hacia fuera, supinación. La mayoría de la gente efectúa una leve pronación, motivo por el cual camina con los pies ligeramente abiertos.

Pero algunas personas hacen rodar los pies de una forma realmente exagerada —**sobrepronación** o **sobresupinación**—. Ambos tipos de individuos se asemejan un poco a las aves: los sobrepronadores caminan con un paso parecido al ganso, mientras que los sobresupinadores lo hacen como las palomas.

14

Juega a Sherlock Holmes con los zapatos

¿Cómo caminas?

Invierte tus zapatos y examina el desgaste de las suelas. Si gastas el borde exterior, eres un supinador, y si gastas el borde interior, eres un pronador, aunque también podrías ser un caso intermedio.

DOS OJOS VEN MÁS QUE UNO

T E HAS preguntado alguna vez por qué necesitas dos ojos? Una de las razones es que te permiten ver la profundidad. Para descubrir cuán diferente sería tu percepción de la profundidad con un solo ojo, realiza este experimento con un amigo.

Material necesario:

vaso

moneda

1. Coloca el vaso en la mesa y ponte de pie a unos 3 m de distancia.
2. Tápate un ojo. Dile a tu amigo que sostenga la moneda sobre el vaso con el brazo extendido, pero ligeramente frente a él.
3. Mirando únicamente el vaso y la moneda, dile a tu amigo que desplace el brazo a un lado o a otro para que la moneda caiga en el vaso al soltarla.
4. Dile que suelte la moneda y observa dónde ha caído. ¿Por qué tienes tan mala puntería?

Procedimiento

Al estar separados, los ojos lo ven todo desde ángulos ligeramente diferentes. De este modo, las imágenes que capta el cerebro procedentes de cada ojo difieren un poco entre sí. Comparando estas imágenes, el cerebro puede ofrecer una panorámica tridimensional que ayuda a evaluar las distancias. Es lo que se denomina visión estereoscópica. Si se tapas un ojo, eliminas la visión estereoscópica y ves las cosas en dos dimensiones, como una en una fotografía, dificultando mucho más la apreciación de las distancias.

Afortunadamente, existen otros factores que permiten evaluar la profundidad en la vida real, tales como el tamaño, el brillo y la posición comparada con otros objetos familiares. Éstos son precisamente los factores que utilizamos cuando perdemos la visión en un ojo. También tú puedes mejorar la percepción de la profundidad con un solo ojo. Practica varias veces el experimento de la moneda y verás como no tardas en dar en el blanco.

CONFUNDE A TUS SENTIDOS

UEDE un cuenco de agua estar caliente y frío al mismo tiempo? Con este sencillo experimento lo descubrirás.

Material necesario:

3 cuencos

1. Vierte agua fría en un cuenco, agua caliente en otro y agua tibia en el tercero.
2. Sumerge una mano en el agua fría y la otra en el agua caliente durante uno o dos minutos.
3. Mete las dos manos en el cuenco de agua tibia. ¡Comprobarás que ésta da la sensación de estar caliente en una mano y fría en la otra al mismo tiempo!

Procedimiento

La mano que estaba sumergida en el agua fría percibe la temperatura media como caliente, mientras que la que estaba en el agua caliente la percibe como fría. Estás experimentando una adaptación sensorial, que es lo que ocurre cuando alguno de los sentidos se ve expuesto a la misma sensación intensa durante un rato. Los receptores sensoriales se acostumbran a ella y dejan de enviar informes al cerebro. De ahí que el buen aroma de la comida que se está cocinando sea tan poderoso al entrar en casa, pero que se desvanezca paulatinamente transcurridos algunos minutos. Para volver a percibirlo debe cambiar de nuevo la sensación.

En ocasiones, los receptores sensoriales pueden enloquecer a causa de cambios drásticos y emitir un informe falso, como en el caso de este experimento, donde cada mano siente el agua de la temperatura opuesta a la que se había acostumbrado.

PUNTOS FRÍOS Y PUNTOS CALIENTES

 ABÍAS que puedes confeccionar un mapa frío y caliente de tu cuerpo?

Material necesario:
2 rotuladores de fieltro de punta fina de diferentes colores
cuenco
clavo

1. Traza un cuadrado de unos 2 cm de lado en el dorso de la mano con uno de los rotuladores.
2. Llena un cuenco de agua fría y sumerge el clavo en ella hasta que esté frío al tacto.
3. Toca cualquier punto situado dentro del cuadrado con la punta del clavo. Si la notas fría, haz una señal con un rotulador. Prueba en otros puntos dentro del cuadrado, marcando con un rotulador del mismo color aquellos en los que percibas la sensación de frío. Es probable que tengas que sumergir de nuevo el clavo en el agua para mantenerlo frío.

4. Cuando hayas completado el test de frío en todo el cuadrado, calienta el clavo en agua caliente, y con un rotulador de otro color ve señalando los puntos en los que percibes el calor. Si tocas un punto frío con el clavo caliente, ¿puedes sentirlo? Cuando hayas terminado de señalar todos los receptores fríos y calientes del cuadrado, examina el mapa que acabas de confeccionar. ¿Hay más puntos fríos o calientes?

Procedimiento
Los científicos han descubierto que nuestro cuerpo dispone de una serie de puntos independientes, llamados receptores, para percibir las temperaturas que son más frías o más calientes que la temperatura corporal. Los dos colores diferentes de los puntos en la mano componen un mapa de tus propios receptores de frío y calor. Otras zonas del cuerpo pueden producir mapas diferentes. Inténtalo con pequeños cuadrados en la frente, los dedos, el mentón, la palma de la mano, el antebrazo y la planta del pie. ¡Tal vez descubras la mejor forma de coger una bola de nieve sin sentir el frío!

SIN SUDOR

H, TÚ, que estás ahí sentado leyendo este libro con toda la calma del mundo! No sudas, ¿verdad? Pues te equivocas. Obsérvalo con atención.

Material necesario:
lupa resistente
lámpara de sobremesa

1. Cierra el puño de una mano durante 10-15 segundos.
2. Abre la mano y colócala bajo la luz de la lámpara con la palma hacia arriba. Observa detenidamente la punta de los dedos a través de la lupa.

Esas cositas que brillan en la punta de los dedos son en realidad gotitas de sudor.

Ahora que ya sabes que incluso estar sentado y leyendo te puede hacer sudar, ¿cuánto sudor crees que puedes producir en un día? Veamos, si lo pasas cómodamente relajado en un cine con aire acondicionado, perderás alrededor de un vaso de agua. Si hace un día caluroso y lo dedicas a la práctica deportiva o a correr, podrías producir casi un cubo. Los corredores de maratón pueden producir aproximadamente tres veces esa cantidad en una sola carrera, y si no recuperan toda esa agua perdida durante la competición, los resultados puedes ser muy graves, sobre todo en un día caluroso. A decir verdad, puedes perder tanta agua que tu cuerpo deje de transpirar, lo cual puede conducir al agotamiento del sudor o a una fatal insolación.

Si al final tienes que recuperar toda el agua que has perdido, ¿por qué hay que eliminarla antes? La sudoración es un sistema de enfriamiento hidráulico. Los motores del cuerpo humano, los músculos, producen una gran cantidad de calor, que el cuerpo debe eliminar para evitar que su temperatura alcance niveles peligrosos. Durante un ejercicio físico intenso, los músculos transfieren su exceso de calor a la sangre, que luego fluye hasta la superficie del cuerpo. Ésta es la razón por la que algunas personas enrojecen cuando hacen ejercicio.

Entretanto, el cerebro ha dado instrucciones a los poros de la piel para expulsar gotas de agua, que forman una capa de sudor sobre la piel. Cuando la sangre caliente llega a la superficie del cuerpo, su calor se transfiere inmediatamente a este estrato sudoroso. El calor desaparece al evaporarse el sudor. Cuanto más calor produce el cuerpo, más sudor necesita para eliminarlo.

EJERCICIO EN VEINTE SEGUNDOS

PROBABLEMENTE hayas visto un ejercicio físico aeróbico. Sí, ya sabes, aparatos gimnásticos de diseño, cintas para correr, una infinidad de pesas y tensores, elevadores, saltadores y bocadillos de jamón. Pero ¿has visto alguna vez un ejercicio *anaeróbico*? ¿Cuál es la diferencia? Con este experimento lo descubrirás.

Material necesario:
tramo de escaleras
cronómetro o reloj con segundera

1. Sube y baja corriendo las escaleras durante veinte segundos, fijándote en la forma en la que respiras.
2. Tras un breve descanso, sal a la calle y corre alrededor de la manzana a un paso uniforme. Fíjate ahora en la forma de respirar. ¿Existe alguna diferencia entre los dos ejercicios en cuanto a la respiración se refiere?

«Aeróbico» es un término griego que aproximadamente significa «con aire». Los ejercicios aeróbicos se llaman así porque requieren la presencia de oxígeno para producir la energía necesaria para que los músculos puedan moverse rápidamente. Cuando corrías alrededor de la manzana, ¿notaste cuán pesadamente respirabas? Esto se debe a que tu cuerpo necesitaba grandes bocanadas de oxígeno. Estabas haciendo un ejercicio aeróbico.

Si aeróbico significa «con aire», entonces «anaeróbico» debe querer decir —¡lo has adivinado!— «sin aire». Un ejercicio anaeróbico es aquel que no requiere la presencia de oxígeno para la producción de energía. Cuando subías y bajabas corriendo por las escaleras no respirabas tan profundamente como cuando lo hacías alrededor de la manzana. Estabas realizando un ejercicio anaeróbico.

Tu cuerpo sólo es capaz de producir energía sin oxígeno durante breves períodos de intensa actividad. Los ejercicios anaeróbicos nunca duran más de dos minutos. Una vez transcurrido este lapso de tiempo, entra en acción el sistema aeróbico.

Si lo piensas detenidamente, te darás cuenta de que el sistema anaeróbico/aeróbico es un mecanismo muy ingenioso. Cuando suena el pistoletazo y sales zumbando desde los tacos de salida, o cuando te topas con un enorme oso pardo detrás de un matorral y tienes que correr para sobrevivir, tus pulmones no son capaces de respirar lo bastante deprisa como para satisfacer la súbita y elevada exigencia de oxígeno de los músculos, de manera que pasas a depender de una fuente de energía —energía anaeróbica— que no requiere oxígeno hasta que la respiración consigue ponerse al nivel del movimiento de las extremidades.

Flato

¿Alguna vez te has reído con tantas ganas que te han dolido los costados? El dolor que sentiste era el mismo que sientes en ocasiones cuando realizas un ejercicio físico demasiado intenso. Este tipo de dolor se denomina flato.

El flato es un calambre en el diafragma, es decir, el músculo que controla la respiración. Durante el ejercicio (o el ataque de risa), el diafragma humano funciona como cualquier otro músculo sometido a un duro trabajo; unas veces se tensa y otras se relaja, como en el caso de una pierna sobrecargada con un calambre.

El mejor tratamiento para un calambre consiste en estirar el músculo hasta su posición relajada habitual y luego hacerle un masaje. Superado el calambre, puedes retomar el ejercicio —o la risa—, aunque si reaparece el dolor, lo más sensato será dejar de hacerlo hasta el día siguiente.

EQUILIBRIO

ES PROBABLE que no pienses con demasiada frecuencia en tu sentido del equilibrio, a pesar de que la vida constituye una acción continua de equilibrio. Cada movimiento te desplaza un poco del centro de gravedad, corriendo el riesgo de caerte.

Material necesario:
espejo de cuerpo entero
cuerda
cinta adhesiva

1. Corta un trozo de cuerda de la longitud del espejo.
2. Pega con cinta adhesiva un extremo de la cuerda en el centro del espejo, en el borde superior, déjala colgar y pega el otro extremo en la base del espejo.

3. Sitúate frente al espejo con los pies juntos, un ojo cerrado y alineando la nariz con la cuerda.
4. Levanta un poco la pierna derecha. ¿Hacia dónde se ha desplazado la nariz?
5. Con la pierna aún en el aire, desplaza el brazo izquierdo hasta que quede extendido a la altura del hombro. ¿Hacia dónde se ha desplazado ahora tu nariz?

Al levantar la pierna, tu cuerpo se desequilibró. De ahí que la nariz y el resto de ti se desplazaran a la izquierda —para evitar que cayeras—. Por su parte, levantar el brazo izquierdo proporcionó un contrapeso a la pierna, y el cuerpo se desplazó de nuevo hacia el centro.

Los brazos y las piernas actúan a modo de contrapeso recíproco al igual que dos personas en un balancín de parque infantil. Pero dado que las piernas son mucho más pesadas que los brazos, es como si en un lado del balancín estuviera sentado un niño gordito y en el otro un niño flacucho. Del mismo modo que este último debe sentarse más hacia fuera que aquél para mantenerse en equilibrio, tus brazos tienen que sobresalir más que tus piernas para evitar que el cuerpo se incline excesivamente a un lado.

¿Cómo se las arregla el cuerpo para ajustar su equilibrio al estar moviendo constantemente los brazos y las piernas o cambiando de postura? Prestando atención a un flujo ininterrumpido de mensajes de los ojos, articulaciones y músculos. Al igual que ocurre con los aviones respecto a una torre de control, los ojos, las articulaciones y los músculos hacen saber continuamente al cerebro cuál es la posición recíproca de las extremidades y dónde estás situado tú respecto al terreno.

Pero para que dé resultado, necesitas tener «piedras» en la cabeza. ¡Y afortunadamente, las tienes! En realidad, las piedras son cristales diminutos que se contienen en dos pequeños sacos huecos situados cerca de cada tímpano. Dichos sacos están forrados con unas vellosidades microscópicas. Cuando aceleras el cuerpo hacia delante o ladeas la cabeza, la gravedad hace que los cristales se muevan, presionando en diferentes vellosidades del forro, las cuales, con la rapidez de

un relámpago, envían un mensaje al cerebro, informándole de tu cambio de posición.

¿Estás bien equilibrado?
Material necesario:
reloj con segundera o cronómetro
amigo

Experimento de la cigüeña ciega
1. Cálzate unas zapatillas deportivas y colócate sobre un pavimento duro (ni moqueta ni alfombra). Tu amigo deberá encargarse del cronómetro.
2. Mantén el equilibrio sobre tu pierna dominante (con la que chutas) y apoya el otro pie en la rodilla de la pierna que descansa en el suelo. Pon las manos en las caderas y cierra los ojos.
3. Tan pronto como hayas cerrado los ojos, tu amigo deberá empezar a medir el tiempo con el reloj o cronómetro. ¿Cuánto tiempo eres capaz de mantener el equilibrio sin desplazar el pie apoyado en el suelo, sin retirar las manos de las caderas o sin retirar el pie apoyado en la rodilla?

Se trata de un test de equilibrio «estático», y si has obtenido un buen resultado, podrías convertirte en un excelente submarinista o gimnasta.

Salta hasta caerte
1. Quítate los zapatos —quédate en calcetines— y colócate en un pavimento resbaladizo (p.e., baldosa o linóleo), adoptando la misma postura que en el experimento anterior, pero esta vez manteniendo los ojos abiertos.
2. Dile a tu amigo que empiece a cronometrarte y que te diga cuándo han transcurrido los primeros cinco segundos. Realiza medio giro deslizándote sobre la parte almohadillada del pie.
3. Continúa girando cada cinco segundos hasta que no tengas más remedio que retirar las manos de las caderas o el pie de la rodilla.

En este caso, se trata de un test de equilibrio «dinámico» que muestra la perfecta sintonización de los receptores musculares de tus piernas. Si has tenido éxito, podrías llegar a ser un buen surfista o esquiador.

ABDOMINALES, PECTORALES, TRAPECIOS, DORSALES ANCHOS Y DELTOIDES

DELTOIDES, pectorales, trapecios y braquiales... Te suena todo rarísimo, ¿no es cierto? Pues bien, no es de extrañar, ya que muchos músculos del cuerpo humano tienen nombres griegos o latinos, o en cualquier caso derivan de estas lenguas, y no puede decirse que sean términos demasiado frecuentes.

En el cuerpo humano existen más de 600 músculos esqueléticos. Aquí se muestran los mayores. Intenta localizarlos en tu cuerpo.

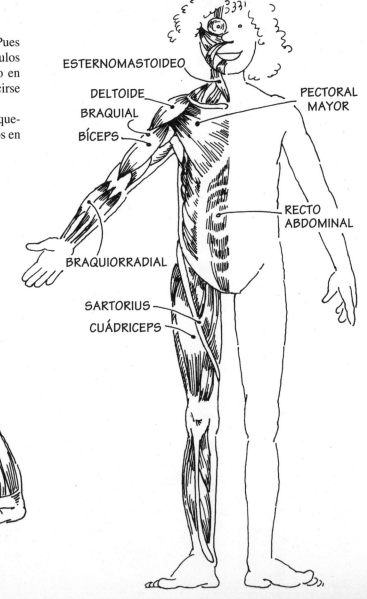

ESTERNOMASTOIDEO

DELTOIDE

BRAQUIAL

BÍCEPS

PECTORAL MAYOR

RECTO ABDOMINAL

BRAQUIORRADIAL

SARTORIUS

CUÁDRICEPS

DELTOIDE
BÍCEPS

TRÍCEPS

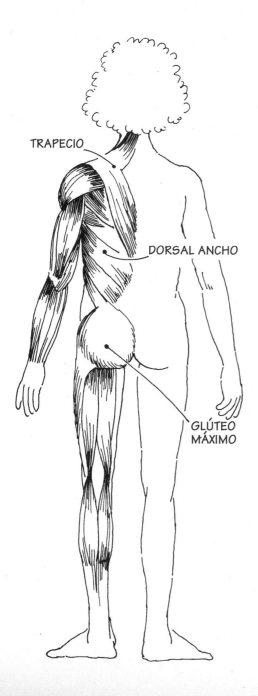

TRAPECIO

DORSAL ANCHO

GLÚTEO
MÁXIMO

Cinco hechos fascinantes acerca de los músculos

1. Alrededor del 40 % del peso corporal es músculo.

2. ¡Tus músculos están compuestos por un 75 % de agua! ¿Y el resto? El 20 % son proteínas y lo demás consiste en una combinación de sales, minerales e hidratos de carbono.

ELEVADOR DEL LABIO
SUPERIOR

3. Uno de los músculos más pequeños tiene uno de los nombres más largos. Se trata del elevador del labio superior (del latín, *levator labii superioris alaeque nasi*). Con una denominación como ésta, debería ser capaz de mover montañas, pero no es así. Es el diminuto músculo situado junto a la nariz que contribuye a elevar el labio en una extraña mueca de desagrado.

4. Por su tamaño, los músculos que accionan las alas de las abejas, moscas y mosquitos son más fuertes que cualquiera de sus homólogos humanos.

5. ¿Alguna vez se te han erizado los pelos de los brazos o la nuca? De ello se encargan unos pequeñísimos músculos que tiran del folículo de cada vellosidad.

LOS MÚSCULOS Y LAS FIBRAS MUSCULARES

ALGUIEN en alguna ocasión te ha llamado «pavo»? Bueno, ¡en cierto modo tenían razón! Al igual que un pavo, tienes carne blanca y carne oscura.

Si extirparas un poco de tejido muscular de tu cuerpo y lo observaras al microscopio, verías un conjunto de fibras largas y enhebradas que corren de un lado a otro como los filamentos de un cable telefónico. Algunas fibras dispondrían de un abundante suministro sanguíneo —carne oscura—, mientras que otras, que no recibirían un riego tan intenso constituirían la carne blanca.

Dado que no te comes tus músculos, sino que los utilizas, es muy posible que no te apetezca denominarlos carne blanca o carne oscura, sustituyendo tales nombres por los que les dan los científicos que estudian los cambios corporales durante el ejercicio. Ellos llaman *fibras de movimiento* rápido a la carne blanca y *fibras de movimiento lento* a la carne oscura.

Las fibras de movimiento rápido se contraen a gran velocidad y liberan un breve flujo de energía. Se usan cuando se realiza una súbita demostración de velocidad o fuerza.

Por otro lado, las fibras de movimiento lento se utilizan en actividades continuadas que no requieren una brusca exhibición de esfuerzo, es decir, las que duran más de dos minutos. Los deportes de resistencia, como por ejemplo el maratón o el esquí de fondo, son actividades de movimiento lento, aunque la mayoría de los deportes utilizan una combinación de estas fibras musculares.

Todos nosotros tenemos el mismo número de fibras en cada músculo, si bien la proporción de fibras de movimiento lento y movimiento rápido varía de una persona a otra. Así, por ejemplo, puedes tener un 80 % de fibras de movimiento lento y un 20 % de fibras de movimiento rápido, mientras que tu mejor amigo podría tener un ratio de 40-60. Es algo con lo que se nace y poco o nada puedes hacer para modificarlo.

Nacer con más fibras de movimiento rápido te proporciona una ventaja natural en el esprint, mientras que tener más fibras de movimiento lento te dota de una mayor capacidad para afrontar con éxito una carrera de maratón. Por desgracia, no existe ninguna forma de contar las fibras sin extirpar quirúrgicamente un poco de tejido muscular.

¿De qué movimiento se trata?

Aunque no seas capaz de ver tus fibras de movimiento rápido, he aquí cómo puedes sentir su presencia.

1. Ponte de pie con la espalda apoyada en una pared y los pies a un paso de distancia de la misma.
2. Deslízate hacia abajo por la pared hasta que casi estés en posición de sentado. Mantente así tanto tiempo como puedas. ¿Qué notas en las piernas?

Este dolorcillo en los muslos mientras mantienes la posición apoyado contra la pared está ocasionado por una acumulación de ácido láctico, producido por las fibras de movimiento rápido al trabajar. El ácido láctico «pega» los músculos y debe ser eliminado constantemente. Sentarte contra la pared hace que los músculos del muslo estén tan tensos que el ácido láctico no se pueda eliminar fácilmente y sientas dolor. Durante un ejercicio físico intenso, el ácido láctico se puede acumular en los músculos en grandes cantidades, lo que explica por qué a veces sientes dolor inmediatamente después del ejercicio. El dolor inmediato causado por el ácido láctico es diferente de las agujetas del día siguiente al ejercicio. El dolor del «día siguiente» es la consecuencia de desgarros microscópicos en el tejido muscular producidos durante el ejercicio.

Posenfriamiento

Acabas de finalizar un partido de tenis a tres sets o varias vueltas a la pista de atletismo y tu inclinación inmediata es sentarte y descansar.

¡No!

Sigue haciendo ejercicio durante un período de «posenfriamiento». Camina cinco minutos o realiza algunos estiramientos. Enfriarse poco a poco después del ejercicio ayuda a que la circulación sanguínea elimine el exceso de ácido láctico de los músculos y reduzca el dolor y las agujetas.

Alimentación de movimiento rápido

Cuando el ácido láctico se acumula, la sensación es dolorosa, pero puedes comerlo sin el menor efecto perjudicial. El sabor amargo del yogur natural se lo da precisamente el ácido láctico.

EL HOMBRE ELÁSTICO

SI ALGUNA vez has ido a un circo o a un carnaval, sin duda habrás visto al Hombre de Goma o a la Mujer Serpiente. Estas maravillas humanas son tan elásticos que son capaces de formar nudos con su cuerpo, sentarse sobre la cabeza o girarla prácticamente del revés.

Son contorsionistas, a los que en ocasiones se denomina «personas sin huesos». Pero en realidad, la clave de su extraordinaria elasticidad reside en el tejido blando que reviste y vincula sus huesos, es decir, el tejido de conexión, que incluye los músculos, ligamentos y tendones. Desde una muy temprana edad, los contorsionistas practican con ahínco el estiramiento de su tejido de conexión hasta que pueden dilatarlo más allá de los límites normales.

Las partes blandas de conexión de tu cuerpo son como una serie de bandas de goma de intercomunicación. El cuerpo dispone de miles de «bandas de goma» en forma de músculos, tendones y ligamentos. Cada movimiento que realizas hace que muchas de estas bandas elásticas se unan en un esfuerzo de equipo, algunas relajándose y otras tensándose.

Veamos cómo puedes percibirlo. Flexiona el brazo como si intentaras «hacer musculitos» y usa la otra mano para averiguar lo que sucede al hacerlo. El músculo bíceps se tensa, mientras que el tríceps, situado en la cara inferior del brazo, se relaja. Al estirar el brazo, el bíceps se dilata y el tríceps se contrae.

Los atletas, en especial los gimnastas y los patinadores en la disciplina de figuras, someten a extraordinarias exigencias a sus tejidos de conexión. Se necesita una superflexibilidad para ejecutar un triple axel o un mortal hacia atrás en la barra de equilibrios.

Si te fijas, verás que los atletas realizan 10-15 minutos de simples ejercicios de estiramiento antes de una competición. Hacen un precalentamiento para disponer de la máxima extensión de movimiento en cada articulación y no arriesgarse a sufrir un tirón en un músculo o tendón.

Las bandas de goma de tu cuerpo no conservarán su capacidad de estiramiento a menos que las ejercites. Con la inactividad pueden tensarse o dilatarse demasiado, provocando entumecimientos, agarrotamientos y dolor.

¿Qué tal andas de flexibilidad?

Estos tests deberían darte la respuesta:

Test de flexión n.º 1

1. Ponte de pie y cruza las piernas, colocando una delante de la otra.
2. Flexiónate lentamente hacia delante e intenta tocar el suelo por delante de los dedos de los pies. *¡No rebotes!*
3. Mantén esta posición durante cinco segundos.

Si te resulta posible hacerlo, tienes una buena flexibilidad en los músculos de la cara posterior de los muslos.

Test de flexión n.º 2

1. Quítate los zapatos y apóyate sobre los talones, con los dedos de los pies levantados del suelo.
2. Da diez pasos en línea recta.

Si eres capaz de hacerlo sin perder el equilibrio, tienes una buena flexibilidad en los tendones de Aquiles.

Test de flexión n.º 3

1. Siéntate en una mesa con las piernas colgando y el dorso de las rodillas coincidiendo con el borde de la mesa. Separa las rodillas unos cuantos centímetros.
2. Desplaza el mentón hacia el pecho y flexiónate lentamente hacia delante. Intenta bajar la cabeza hasta llegar a las rodillas.

Si puedes hacerlo, tienes una buena flexibilidad en la región lumbar.

¡AJÁ! Los adultos suelen ser más altos y fuertes que los niños, y además rinden mejor en los deportes. Por si fuera poco, se quedan levantados hasta más tarde. Pero lo cierto es que ser joven te proporciona una ventaja en un sinfín de cosas. Veamos un par de ellas.

Test de flexibilidad

Desafía a algunos adultos a realizar este test de flexibilidad. ¿Quién ganará? ¿Ellos o tú?

1. Siéntate en el suelo con las piernas juntas y estiradas al frente.
2. Flexiónate hacia delante y toca los dedos de los pies.
3. Ahora comprueba hasta qué punto eres capaz de rebasar este límite. Pide a un amigo que mida la distancia adicional.

Si eres menor de doce años, probablemente seas más flexible que cualquier adulto. De ahí que las mejores gimnastas del mundo estén en los primeros años de su adolescencia o sean incluso más jóvenes; requieren esa flexibilidad extra para realizar las asombrosas flexiones corporales necesarias para ganar en una competición. Pero no fanfarronees acerca de tu flexibilidad, pues cuando llegues a la pubertad, también tú empezarás a perderla.

Los niños pierden más flexibilidad que las niñas. En efecto, las mujeres tienen una mayor cantidad de una hormona llamada relaxina, que ablanda y estira los ligamentos (piezas de tejido semejante a bandas elásticas muy resistentes que conectan los huesos entre sí), lo cual contribuye a que sus articulaciones sean más flexibles y se puedan flexionar más que las de los varones.

Test del centro de gravedad

Todo cuerpo tiene un centro de gravedad o punto de equilibrio. Científicamente, el centro de gravedad es el punto de un objeto alrededor del cual su peso se halla distribuido de un modo uniforme. Veamos un ejemplo. Coge un bolígrafo y colócalo sobre un dedo, de manera que se sostenga en un perfecto equilibrio. El punto en el que el bolígrafo permanece inmóvil y sin inclinarse a un lado o a otro constituye su centro de gravedad.

Lo mismo ocurre con el cuerpo humano (¡aunque sea más difícil de equilibrar sobre un dedo!).

Este test consiste en tocar la diana de esta página con la nariz sin perder el equilibrio.

1. Pon el libro en el suelo, abierto por esta página.
2. Arrodíllate en el suelo con los codos apoyados en las rodillas y la punta de los dedos tocando el borde de la diana.
3. Yérguete un poco y coloca las manos detrás de la espalda.
4. Flexiónate hacia delante e intenta tocar el centro de la diana con la nariz.

¿Quién ha obtenido el mejor resultado en este test? ¿Las niñas, los niños, las mujeres o los hombres? ¿Quién ha sido el peor? Elegir el mejor grupo puede ser difícil; el peor saltará a la vista.

Sólo puedes hacer este test si tu centro de gravedad permanece en el área situada directamente sobre las rodillas y los pies. Los varones suelen tener los hombros más anchos y un pecho y unos brazos más musculosos, mientras que las mujeres tienen las caderas más anchas y un mayor peso en la parte inferior del cuerpo. Esto confiere a los hombres un centro de gravedad más elevado que el de las mujeres. Cuando un varón se estira hacia delante, su centro de gravedad se desplaza hacia el exterior de la zona situada sobre las rodillas y los pies, pierde el equilibrio y se cae. Pero dado que el centro de gravedad femenino es más bajo, la mujer permanece dentro de la zona de equilibrio, lo cual le permite alcanzar el centro de la diana sin caerse.

Cuanto más próximo al suelo esté tu centro de gravedad, más estable serás.

¿Por qué es difícil deducir una pauta a partir de los resultados del test de los niños y las niñas? Porque hasta que los pequeños no alcanzan la adolescencia no existe ninguna diferencia en la distribución del peso. Hasta entonces, tus resultados en este test dependerán única y exclusivamente de tu cuerpo.

DEJÉ MI MÚSCULO EN SAN FRANCISCO

ARNOLD Schwarzenegger y tú tenéis algo en común. Ambos bombeáis hierro.

En efecto, el mineral hierro está siendo bombeado constantemente a través de tus arterias y tus venas al igual que a través de las de Arnold. Y el músculo que se encarga del bombeo es el corazón. Al igual que los bíceps en los brazos o los cuádriceps en las piernas, el corazón es un músculo.

El corazón es el músculo más fuerte del cuerpo, y no es de extrañar, pues cada día realiza alrededor de 100.000 flexiones, bombeando 12.000 litros de sangre. En un año, el corazón bombea la sangre suficiente como para llenar los depósitos de un superpetrolero.

Coge una pelota de tenis y estrújala. La fuerza que usa la mano al apretarla equivale aproximadamente a la fuerza que necesita el corazón para bombear el mineral hierro (y todos los restantes componentes sanguíneos) a través de tu sistema orgánico.

Bombear grandes cantidades de peso con los brazos contribuye a que los bíceps se desarrollen y adquieran más fuerza. Lo mismo ocurre con el corazón. Cuanta más sangre bombea durante un vigoroso ejercicio, más se desarrolla y más fuerza adquiere. El corazón de algunos atletas es capaz de bombear el doble de sangre que el de una persona normal y corriente.

Asimismo, un corazón bien ejercitado no necesita trabajar tan intensamente durante el día, ya que puede bombear más sangre con cada latido. La condición física de algunos atletas es tan excelente que su ritmo cardíaco regular se sitúa alrededor de 40 latidos por minuto. Cuando el campeón de tenis Bjorn Borg se hallaba en el cénit de su carrera, su ritmo cardíaco en estado de reposo, según decía, era de 27 latidos por minuto. ¿A qué velocidad late tu corazón?

Escucha el ritmo cardíaco

Material necesario:
tubo de cartón
reloj con segundera
un amigo

1. Presiona un extremo del tubo de cartón contra el pecho de tu amigo. Coloca la oreja en el otro extremo y escucha el ritmo constante: «pum, pum; pum, pum; pum, pum».
2. Mide el ritmo cardíaco de tu amigo. Cada «pum, pum» equivale a un latido o pulsación. Cuenta el número de latidos en diez segundos y luego multiplícalo por diez. Los niños y las niñas tienen un ritmo cardíaco de alrededor de 80 latidos por minuto, mientras que el de los adultos es ligeramente inferior (alrededor de 70). El corazón de un bebé late a una velocidad de 130 pulsaciones por minuto, y a medida que va creciendo y su metabolismo se ralentiza, no necesita bombear tan deprisa.

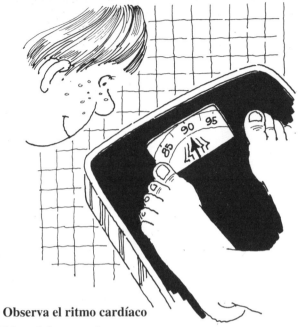

Observa el ritmo cardíaco

Material necesario:
balanza de baño (no digital, sino con dial y aguja)

1. Haz una docena de flexiones para acelerar el corazón.
2. Súbete en la balanza y observa detenidamente el dial. ¿Qué ocurre?

Las pequeñas vibraciones de la aguja coinciden con las pulsaciones de tu corazón.

La sangre está siendo bombeada a tal velocidad a través del cuerpo que provoca leves sacudidas en la balanza.

¿Por qué se acelera el corazón durante el ejercicio físico? La sangre que circula por el organismo transporta oxígeno hasta los músculos y otras partes del cuerpo. Tal y como sucede en el caso de un motor, tus músculos necesitan oxígeno para quemar combustible (grasas e hidratos de carbono). Lógicamente, cuando los músculos trabajan con más intensidad requieren un mayor aporte de oxígeno, y el corazón bombea más deprisa para suministrárselo.

En reposo, sólo un 20 % de la sangre se distribuye entre los músculos, mientras que durante el ejercicio, reciben alrededor de un 80 %.

Calcula el ritmo cardíaco
¿Cuál es la velocidad máxima a la que puede latir tu corazón?

220 menos tu edad = máximo ritmo cardíaco por minuto

Cualquier actividad física que impulse tu ritmo cardíaco hasta el 70 % de su ritmo máximo y que lo mantenga a ese nivel entre 15 y 30 minutos es bueno para el corazón.

Animal	Pulsaciones por minuto
Musaraña	1.200
Canario	1.000
Ratón	650
Puercoespín	280
Hámster	280
Gallina	200
Chihuahua	120
Gato doméstico	110
Perro San Bernardo	80
Jirafa	60
Diablo de Tasmania	54-66
Canguro	40-50
Tigre	40-50
Elefante	25
Ballena beluga	15-16
Ballena gris	8

INSPIRA PROFUNDAMENTE

QUIERES conocer mejor tu cuerpo? Desde luego, ya sabes muchas cosas acerca de ti mismo —cuánto mides, de qué color son tus ojos o a qué distancia puedes estirar los brazos—. Éstas son, todas ellas, partes de tu cuerpo que puedes ver, pero ¿qué ocurre con las que no puedes ver?, como en el caso de los pulmones, por ejemplo. ¿Qué cantidad de aire pueden contener? He aquí una forma de averiguarlo.

El tamaño de los pulmones

Material necesario:
bolsa grande de plástico (de la basura, por ejemplo)
rotulador que escriba sobre la bolsa
embudo
recipiente (un vaso medidor, por ejemplo) con indicador de litros.

1. Coge la bolsa formando una abertura en la que puedas ajustar la boca, como si quisieras inflarla y luego hacerla estallar. Procura que la abertura sea lo bastante amplia como para que puedas insuflar aire al interior de la bolsa con la boca abierta.
2. Estruja la bolsa para vaciarla por completo de aire.
3. Sostén la bolsa y realiza dos inspiraciones normales y lentas.
4. En la siguiente inspiración, toma tanto aire como puedas y luego aplica la boca a la abertura de la bolsa.

5. Presiona la nariz con los dedos pulgar e índice y exhala el aire con toda la fuerza posible en el interior de la bolsa. Mantén la boca abierta; no arrugues los labios como si estuvieras soplando. Sigue exhalando el aire hasta que tengas la sensación de haber vaciado completamente los pulmones. (Truco: Te resultará más fácil si te flexionas hacia delante al exhalar.)

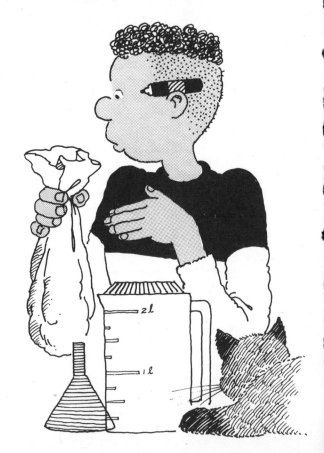

6. Cierra bien la bolsa para que no se escape el aire y retira la boca de la abertura.
7. Desliza la mano hacia abajo, por el cuello de la bolsa, hasta que quede totalmente inflada, y haz una señal con el rotulador en el punto por el que la estás sujetando, por si acaso se te escapara y saliera el aire.

8. Introduce el cuello del embudo en la abertura de la bolsa sin dejar de sujetarla con firmeza para que no se mueva. No te preocupes si se escapa el aire; ya no lo necesitas.

9. Ahora, con el recipiente-medidor, vierte con cuidado agua en la bolsa hasta que se llene por completo, al igual que lo hiciste antes con el aire. Pesará bastante, de manera que es aconsejable apoyarla mientras la llenas.

Esto te dará una idea aproximada de tu capacidad pulmonar.

Un niño de 1,37 m de altura tiene alrededor de 2 litros de capacidad pulmonar, y una niña de 1,52 m tiene una capacidad de alrededor de 2,7 litros. Compara tu capacidad pulmonar con las de tus amigos del mismo sexo y altura.

¡A CORRER!

Busca un espacio abierto y corre. ¿Qué te ayuda a desplazarte más deprisa, las piernas o los brazos? Te sorprenderá descubrir que necesitas los dos. Corres *con* las piernas y *con* los brazos.

Correr o caminar requiere que el cuerpo humano utilice su energía para moverse hacia delante en línea recta, lo cual es muchísimo más complicado de lo que imaginas. ¿Por qué?

Para averiguarlo, da un paseo por la estancia. ¿Qué hace cada brazo cuando la pierna del mismo lado se desplaza hacia delante? ¿Qué le ocurre al cuerpo si mantienes los brazos inmóviles?

Cada vez que das un paso al frente, desequilibras el cuerpo. Levanta el pie derecho y desplázalo hacia delante y comprobarás que automáticamente el cuerpo se balancea hacia la izquierda. Desplaza el pie izquierdo hacia delante y tu cuerpo se balanceará hacia la derecha. Balanceo a la izquierda, balanceo a la derecha... una constante sucesión de balanceos mientras andas por la calle.

La gente utiliza los brazos para contrarrestar la acción de las piernas. Cada movimiento de la pierna coincide con otro movimiento igual y opuesto del brazo, que actúa para minimizar el balanceo de un lado a otro. Gracias al desplazamiento de los brazos puedes caminar en línea recta.

Prueba con estos ridículos pasos

Veamos algunos pasos —¡ridículos sobremanera!— que mezclan el ritmo natural pierna-brazo que te impiden desplazarte en línea recta.

- Camina invirtiendo el movimiento regular de los brazos. Al desplazar hacia delante la pierna izquierda, desplaza también el brazo izquierdo, y al desplazar hacia delante la pierna derecha, desplaza el brazo de ese mismo lado. Mantén esta secuencia mientras andas por la calle y no te molestes cuando los transeúntes susurren: «¡Vaya payaso!».

- Camina con un paso regular, pero desplazando los brazos adelante y atrás con el doble de fuerza que las piernas. Es probable que las piernas se aceleren para no perder el compás de los brazos, proporcionando una vez más una poderosa conexión entre la acción de los brazos y las piernas.

- Cruza los dedos de las manos y mantenlàs apoyadas contra el pecho. Echa a correr. Tal vez descubras que los hombros se balancean hacia delante más de lo normal, sobre todo cuando aumentas la velocidad. En realidad, están sustituyendo la ausencia de movimiento en las extremidades superiores.

- Ponte a cuatro patas en la moqueta y gatea desplazando hacia delante la mano derecha al tiempo que adelantas la rodilla del mismo lado. A continuación, repite la misma secuencia con el brazo y la rodilla izquierda. Los bebés aprenden muy pronto a sincronizar los movimientos de los brazos y las piernas.

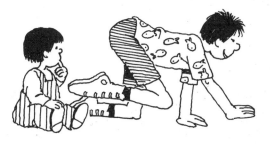

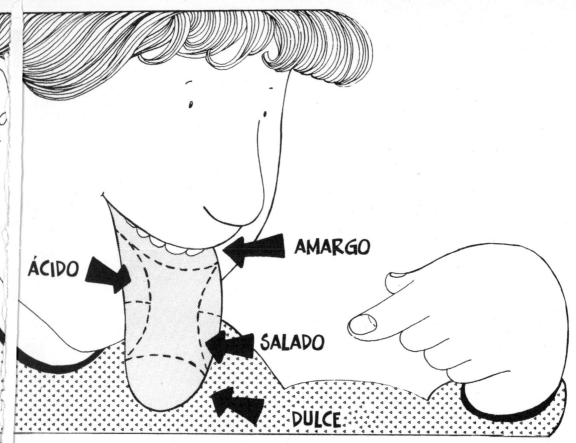

ÁCIDO

AMARGO

SALADO

DULCE

SACA la lengua y échale un vistazo. ¿Eres capaz de contar los corpúsculos —puntitos en relieve— que hay en ella? Están llenos de papilas gustativas, alrededor de 9.000.

Las papilas gustativas permitían saber al hombre primitivo si la hoja o la baya que estaba probando era comestible y saludable para el organismo. Si tenía mal sabor, probablemente era mala, tal vez venenosa, en cuyo caso la escupía. Los bebés siguen haciendo lo mismo: lo prueban todo.

Actualmente, utilizamos las papilas gustativas para determinar lo sabroso que es un alimento, no para decidir si es o no tóxico. Las papilas te permiten establecer la diferencia entre el chocolate y la vainilla, entre el queso y el pollo —incluso entre la Pepsi y la Coca-Cola—. Y todo ello lo hacen con sólo cuatro sabores: amargo, ácido, dulce y salado.

El olor, el tacto, la textura y el aspecto de los alimentos también contribuyen a determinar hasta qué punto saben bien —o mal—. De ahí que la comida resulte tan insulsa cuando estás resfriado. No puedes olerla.

Si por desgracia alguna vez has masticado una guindilla o una ñora, sabrás por experiencia que eres incapaz de saborear nada más. Lo único que percibes es un pavoroso incendio en la lengua. Los alimentos picantes, como el curry o las guindillas, generan «calor» en la boca al reaccionar con los terminales nerviosos de la lengua.

Cómo saborea la lengua

Ponte un poco de azúcar en diferentes partes de la lengua. ¿Cuándo notas realmente su sabor? Haz lo mismo con zumo de limón, sal y agua tónica. Puedes probar cuantos sabores se te antojen.

Realiza de nuevo este experimento tras haber chupado un cubito de hielo durante un minuto, poco más o menos. ¿Notas alguna diferencia?

La nariz también cuenta

Prepara un plato con diversos tentempiés, desde zanahorias y rábanos hasta salchichas ahumadas y chocolate. Luego, con tus amigos, haced turnos para probarlos, con los ojos tapados y pellizcando la nariz con el pulgar y el índice para que resulte imposible ver y oler lo que se está comiendo. Intentad adivinar de qué se trata y anotad quién tiene el mejor sentido del gusto. ¿Qué tentempiés son más fáciles de identificar incluso con la nariz tapada?

Repetid el experimento introduciendo algunos cambios. Seguid con los ojos tapados, pero ahora sin pellizcaros la nariz. Untad el labio superior con un poco de extracto de vainilla, mantequilla de cacahuete o canela. ¿Crees que variarán los resultados?

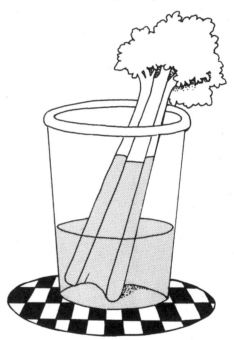

Los ojos saben si es bueno

Pregunta a tus padres si puedes elaborar un menú «arco iris» experimental. Usa un poco de colorante alimenticio para crear leche azul, salsa de carne verde, puré de patatas rojo, etc. Incluso podrías poner un tallo de apio en un vaso de agua con colorante y alterar asimismo su tonalidad natural. ¿Quién ha tenido el valor de comérselo? ¿Le pareció que cambiaba el sabor por el mero hecho de presentarse en vivos colores?

ABRE LA BOCA

PONTE delante de un espejo y abre la boca de par en par. Estas piececillas blanco-perla que ves son herramientas de precisión en las que probablemente no suelas fijarte demasiado. Después de todo, siempre han estado ahí. Pero lo cierto es que cada tipo de diente está perfectamente adaptado al trabajo que debe realizar.

Los incisivos y los cúspides tienen una sola raíz y un solo borde de corte para morder y desgarrar los alimentos

Los bicúspides y los molares tienen dos o más raíces y disponen de una amplia superficie para masticar y triturar la comida, facilitando así la digestión.

¿Lo sabías?
- Los niños prehistóricos no comían azúcares refinados, de manera que apenas tenían caries.
- Según *El libro Guinness de los récords*, el diente más fuerte del mundo pertenece a un belga llamado John «Hércules»

Passis. En 1977 levantó un peso de 233 kg a 15 cm del suelo con dicha pieza dental. Dos años más tarde, impidió que despegara un helicóptero sujetando con los dientes un arnés.
- Los dientes se desgastan más a medida que pasan los años. El desgaste depende de la dieta alimenticia. Los dientes del hombre primitivo mostraban un mayor desgaste porque comía alimentos crudos. Hoy en día, la alimentación es más blanda y en consecuencia los dientes se desgastan menos.
- El ser humano no mastica y traga, sino que mastica de un lado a otro de la boca, algo parecido a lo que sucede con las vacas.
- Los inuit y los aborígenes australianos tienen los dientes más grandes del mundo, mientras que los más pequeños pertenecen a los bosquimanos africanos y los lapones.
- Según *El libro Guinness de los récords*, el diente más valioso pertenecía a sir Isaac Newton. Lo compró un aristócrata por 1.300 dólares en 1816 y lo llevaba engarzado en un anillo.

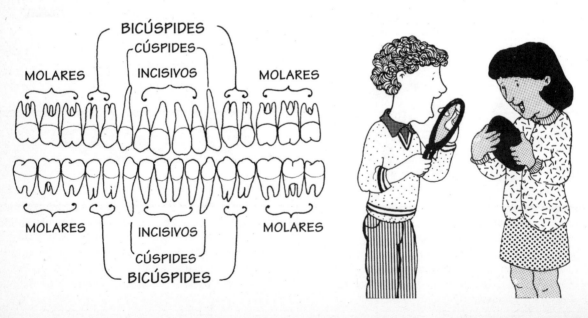

Algunos tentempiés que son perjudiciales para los dientes

tarta, galletas, donuts	higos
caramelos	pasas
helados	uva
zumo de manzana	chicle
cacao	gominolas
bebidas refrescantes, zumos azucarados	mantequilla de cacahuete
dátiles	mermelada o gelatina

Algunos tentempiés que son buenos para los dientes

nueces	copos de cereales
maíz	queso
zanahorias	naranjas
apio	tomates
patatas fritas	leche
aceitunas	

Muerde con los masticadores

Intenta usar los dientes para otra finalidad distinta de aquella para la que están diseñados. Muerde una manzana con los molares y mastícala con los incisivos y los cúspides.

Test de acidez

La placa consiste en una acumulación de bacterias en los dientes. Se alimentan de azúcar y liberan un ácido como producto residual. Dicho ácido es precisamente el que agujerea los dientes. Para comprobar con qué facilidad el ácido se puede comer los dientes, pon varios trozos de cáscara de huevo en dos vasos. Al igual que los dientes, la cáscara de huevo se compone prácticamente de calcio. Cubre la cáscara de un vaso con un poco de agua y la del otro con vinagre, que es un ácido. Déjalo en reposo hasta que se evapore toda el agua y el vinagre. ¿En qué estado están las cáscaras? ¿Ha quedado algo en el vaso?

¿Dientes verdes?

Es probable que tu dentista te haya teñido alguna vez los dientes de rojo para mostrarte dónde has olvidado lavártelos. Puedes hacerlo tú mismo en casa. Primero, lávate los dientes y luego enjuágate la boca con colorante alimenticio (¡sin tragarlo!). El color se adhiere perfectamente a la placa, adoptando una tonalidad más oscura en las áreas que no has lavado. Si quieres tener un aspecto realmente aterrador, usa este método, ¡el efecto es extraordinario, sobre todo en Halloween! Es posible que la lengua también se coloree, pero se limpia fácilmente.

¡TRÁGATE ESO!

SEGURAMENTE habrás realizado innumerables viajes en tu vida, ya sea al otro lado del mundo o simplemente a la escuela, pero ¿has viajado alguna vez a través de la garganta humana?

Imagina que eres una hamburguesa. ¿Qué ocurre después de sentir el primer mordisco?

En primer lugar, te mastican. La saliva contiene una sustancia química especial, llamada enzima, que empieza a digerir el alimento durante la masticación.

Pasar a través del gaznate, o esófago, no es fácil. Nada más iniciar el viaje, te encuentras con la epiglotis, un pequeño alerón de tejido que cierra la entrada de la tráquea. Veámoslo desde este punto de vista: a pesar de ser una deliciosa hamburguesa, su destino no está precisamente en los pulmones.

Acto seguido, recibes una larga serie de abrazos de oso musculares en el esófago. Los músculos no te consideran capaz de encontrar tu camino hacia el estómago a menos que te empujen hasta él. Estas ondas de empuje se denominan peristalsis.

Por último, llegas a una pequeña cavidad: el estómago. Te deslizas en su interior y se cierra detrás de ti. Es imposible salir de esta bolsita de 1 litro de capacidad. Das vueltas y más vueltas como la ropa en una lavadora. Los músculos estomacales también están convencidos de que lo que más necesita la hamburguesa es una buena sesión de estrujamientos. Más enzimas y un líquido llamado ácido clorhídrico salen a tu encuentro, descomponiéndote en pedacitos aún más pequeños si cabe.

Transcurridas un par de horas, tienes un aspecto caótico —pareces más una sopa que una hamburguesa—. Luego, el estómago abre un orificio de salida y te alegras de poder proseguir tu viaje.

¡No tan deprisa, forastero! El viaje todavía no ha terminado. De nuevo te ves estrujado en el intestino delgado, que por cierto es larguísimo: ¡debe de tener 6 o 7 metros de longitud! Más sustancias químicas se vierten sobre ti para facilitar la digestión; primero, enzimas del páncreas, y luego bilis procedente del hígado.

Al final, el cuerpo decide que ya estás listo para usar, extrayendo las proteínas, glucosa, grasas y agua a través de los innumerables pliegues del intestino delgado, que parecen dedos que sobresalen y que están esperando para absorber todos tus nutrientes y descargarlos en el torrente sanguíneo.

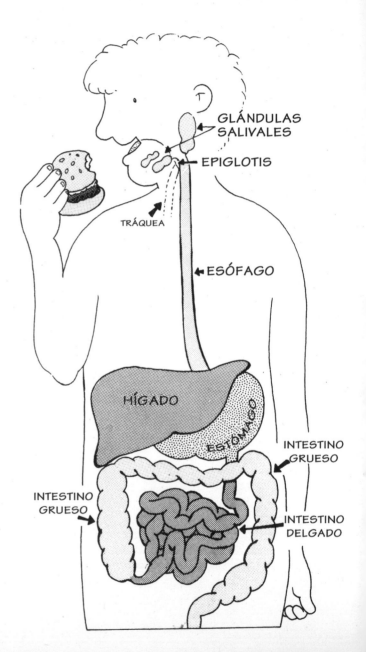

GLÁNDULAS SALIVALES

EPIGLOTIS

TRÁQUEA

ESÓFAGO

HÍGADO

ESTÓMAGO

INTESTINO GRUESO

INTESTINO GRUESO

INTESTINO DELGADO

El lema del intestino delgado es el siguiente: «Si no puedes usarlo, elimínalo», aunque en realidad es el intestino grueso el encargado de eliminar los productos residuales. Es más ancho que el intestino delgado y sólo mide 1m de longitud. Tiene un arduo trabajo que hacer: termina de absorber el agua y los minerales y luego recoge lo que queda de ti —los residuos que tu cuerpo no puede utilizar— y lo empuja al exterior, junto con una pléyade de bacterias muertas, en forma de heces o deposiciones.

¡Qué emocionante viaje para una hamburguesa! ¡Y ni siquiera necesitaste billete!

La digestión en el espacio
Aunque la gravedad facilita la digestión, comer en el espacio, donde no hay gravedad, no constituye ningún problema. El movimiento muscular, o peristalsis, sigue conduciendo el alimento hacia su destino natural.

Escupe
Para comprobar cómo se desarrolla el proceso de la digestión, realiza este experimento. Mete un pedacito de carne en un pequeño recipiente. Escupe la cantidad suficiente de saliva sobre él como para cubrirlo. Déjalo en reposo durante un día. ¿Qué ha sucedido?

Una ventana en el estómago
Un canadiense francés, Alexis St. Martin, resultó accidentalmente herido de bala el 6 de junio de 1822. El doctor Beaumont lo trató, y aunque St. Martin se restableció, presentaba una abertura de casi 2 cm de diámetro que conducía directamente al estómago. El doctor Beaumont lo utilizó como conejillo de Indias humano para estudiar cómo funciona realmente este órgano. St. Martin vivió con dicho orificio hasta que falleció en 1888 a la edad de 82 años.

El doctor William Beaumont *examinando el orificio en el estómago de Alexis St. Martin.*

COSAS QUE HACEN GRUÑIR AL ESTÓMAGO

UN ERUCTO no es más que un poco de aire obligado a ascender por el pecho hasta la boca, y cuando opta por la dirección descendente, se denomina flatulencia.

Pero ¿qué origina ese aire?
te preguntarás.
Es una pregunta que causa perplejidad.

Son los alimentos que comes
y las bebidas que bebes
que se hacen papilla durante la digestión.

Y cuando los disuelven
las paredes del estómago,
puedes oír el alimento ardiendo.

Aunque otras veces
el estómago gruñe:
«Es por la falta de comida que me lamento».

Los eructos y las flatulencias están causados por el aire y el gas atrapados. Los gruñidos del estómago, que se denominan borborigmos, son una consecuencia de la contracción intestinal. Cuanto más fuerte suenan, más intenso es su trabajo.

Todos somos diferentes, en especial cuando se trata de eructos, flatulencias y gruñidos estomacales. Una comida que transforma el estómago de uno de tus amigos en una banda de rock and roll podría sentarte a las mil maravillas y dejarte tan tranquilo como una radio apagada.

Cuando el estómago se pone en marcha

Descubre qué es lo que hace que el estómago entre en acción. Aplica el oído en el estómago de un amigo antes de una comida. ¿Qué oyes? Anota detalladamente tus observaciones y luego vuelve a escuchar después de haber degustado algunos de los alimentos siguientes. ¿Aprecias alguna diferencia en el sonido? ¿Tu amigo tiene más flatulencias después de unos alimentos que después de otros?

cebollas	cacahuetes	melón
manzanas crudas	col cocida	chocolate
judías blancas cocidas	rábanos	lechuga
leche	pepino	huevos
coliflor		

Eructos más sonoros

Los eructos constituyen una simple forma con la que tu cuerpo elimina el exceso de gas. ¿Puedes conseguir eructos más sonoros aumentando la cantidad de gas en el estómago? Compruébalo mascando chicle, tragando aire o tomando una bebida carbónica.

Elige un remedio

¿En alguna ocasión has tenido un hipo tan prolongado que pensaste que nunca volverías a hablar sin parecer un disco rayado? Charles Osborne empezó a tener hipo en 1922 y hoy en día sigue igual. Aunque dice haber llevado una vida normal, incluyendo el matrimonio y ocho hijos, es incapaz de retener la dentadura postiza en su sitio.

¿Qué provoca el hipo? Muchísimas cosas, desde enojarse hasta ingerir alimentos demasiado picantes. Cualquiera que sea la causa, el resultado es siempre el mismo. El diafragma, un gran músculo pectoral que se desplaza hacia arriba y hacia abajo al respirar, empieza a contraerse mediante reiteradas sacudidas. Para detener el hipo, lo único que tienes que hacer es eliminar dichas contracciones.

Existen incontables remedios para el hipo y todos ellos funcionan —en ocasiones—. La próxima vez que tengas hipo, prueba con uno de estos anticontractores del diafragma:

- un buen susto
- ingerir una cucharada de hielo triturado
- ejercer una leve presión en los globos oculares cerrados
- tragar una gran cucharada de miga de pan seca
- engullir una cucharada de mantequilla de cacahuete
- comer una cucharada de azúcar
- succionar el zumo de un limón
- beber un gran vaso de agua de un tirón
- contener la respiración
- hacer la vertical respirando por la nariz.

LA FIBRA, LOS «FLOTADORES» Y LOS «PLOMOS»

SI PIENSAS en los alimentos como en paquetes de vitaminas, proteínas y nutrientes, hazlo también en la fibra como la cuerda que mantiene unidos a todos estos paquetes.

En realidad, la fibra es un alimento no alimenticio —alimento que tu estómago no puede digerir—. Se obtiene de toda clase de pan de grano y cereales, frutas, verduras y legumbres (judías secas y guisantes).

Si eres incapaz de digerirla, ¿por qué comerla? Pues porque aun así la utilizas. En efecto, la fibra circula rápidamente por del cuerpo y actúa a modo de camión de la basura en el vecindario: recoge productos residuales en los intestinos y los expulsa al exterior a través de los intestinos.

Consume la suficiente fibra y te resultará muchísimo más fácil ir al baño. La fibra añade volumen a las deposiciones y retiene agua. Quienes ingieren mucha fibra en su dieta producen «flotadores». Sus heces son grandes, blandas y voluminosas, y se expulsan con rapidez. Pero si no comes la suficiente fibra, produces «plomos», es decir, deposiciones pequeñas y duras que resultan difíciles y, en ocasiones, incluso dolorosas de expulsar.

Los nutricionistas recomiendan la ingestión de 28 a 40 g de fibra al día. Una dieta equilibrada, incluyendo una amplia selección de todos los grupos alimenticios (lácteos, carne, verduras y fruta, pan y cereales) constituye la mejor forma de garantizar que tu cuerpo recibe lo que necesita.

Test de la fibra

¿Podrías adivinar qué alimentos de la siguiente lista contienen la mayor cantidad de fibra y cuáles contienen la menor? Numéralos del 1 al 8, de manera que el número 1 corresponda al que tiene más fibra y el 8 al que tiene menos fibra. (Encontrarás la solución en la p. 70.)

una rebanada de pan de trigo integral
una rebanada de pan blanco
una manzana
16 uvas
un huevo
una zanahoria cruda
2 barritas de cereales
125 ml de judías blancas cocidas

«PLOMO»... O «FLOTADOR», ÉSA ES LA CUESTIÓN

EL CUENTO DE LOS DOS RATONES

QUÉ ASPECTO tendrías si comieras toda clase de dulces, golosinas y alimentos-basura? Probablemente como el ratón León.

León y su amigo Harry crecieron juntos. Pero aquí se terminaron las similitudes.

León se dedicó a vivir en lo que parecía un paraíso. Las grasas estaban presentes en su alimentación regular, hasta el punto que su dieta era como la de un humano que consume ingentes cantidades de patatas fritas, pollo frito y otras «freidurías» por el estilo. Comía todas las «cosas ricas» que cualquiera podía desear, desde leche y agua azucarada, perritos calientes, tentempiés a base de galletitas, tabletas de chocolate y patatas fritas.

Por si fuera poco, León nunca hacía ejercicio, sino que pasaba su tiempo libre esperando cerca de su jaula a que le dieran nuevos y deliciosos bocaditos.

¿El resultado? León era un ratón gordo.

La de su viejo amigo Harry fue una historia completamente diferente, pues sólo comía alimentos nutritivos con poca grasa y además sólo bebía agua. Su pasatiempo favorito consistía en dar unas cuentas vueltas en la rueda de ejercicios.

Era un ratón en plena forma.

Además de estar demasiado gordo como para moverse demasiado o disfrutar de la vida, León no paraba de comer alimentos que eran perjudiciales para él, la misma dieta que también es perjudicial para los humanos. Ingerir grandes cantidades de grasas y alimentos escasamente nutritivos puede ocasionar graves problemas de salud, incluyendo enfermedades cardíacas.

Al igual que los ratones, necesitas una dieta equilibrada. La comida-basura puede parecer excelente, pero lo que tu cuerpo necesita realmente no es otra patata frita, sino una selección de los cuatro grupos alimenticios: lácteos, frutas y verduras, cereales y carne. Y lo necesitas para que tu cuerpo crezca fuerte y sano. El ejercicio también contribuye a ello.

Como en el caso del ratón Harry.

PREGÚNTASELO AL DOCTOR ALIMENTO

APRECIADO DOCTOR **Alimento:** *¿Por qué a veces tengo sensación de apetito?*
Cuando el estómago está vacío empieza a contraerse, primero con un ritmo de alrededor de tres contracciones por minuto, aunque pronto lo hace con más frecuencia, son más prolongadas y más intensas. Esto transmite un mensaje al cerebro: «¡Mándame comida, rápido!».

Apreciado doctor Alimento: *¿Si careciera de estómago seguiría teniendo apetito?*
Aunque parezca extraño, ¡la respuesta es sí, lo seguirías teniendo! Las personas a las que se les ha extirpado quirúrgicamente el estómago continúan experimentando la sensación de apetito de vez en cuando. ¿Por qué? El estómago funciona conjuntamente con una parte del cerebro llamada *appestat* —centro cerebral probablemente hipotalámico relacionado con el control de la ingesta alimenticia— para indicarte que tienes esa sensación de vacío. Una parte de dicho centro te dice: «Empieza a comer, estás hambriento». Y cuando ya has ingerido lo suficiente, otra parte del centro dice: «Ya puedes parar, estás lleno».

Nadie sabe a ciencia cierta cómo funciona el *appestat*. Podría ser como una especie de termostato doméstico que indica a la caldera que se ponga en marcha porque la casa se está enfriando y luego se apaga cuando se ha caldeado lo suficiente. Tu *appestat* podría desencadenar la sensación de apetito, indicando al cuerpo que necesita quemar combustible para seguir adelante, cuando la temperatura de la sangre disminuye un poco. Y al aumentar, se «desconectaría», o lo que es lo mismo, dejaría de transmitir esta sensación.

Asimismo, el *appestat* también podría actuar a modo de sensor. Cuando no hay suficiente glucosa (un tipo de azúcar) en la sangre, grita: «¡LA HORA DE LA COMIDA!».

Apreciado doctor Alimento: *A veces, después de comer, siento como si la comida fuese una roca que se deposita en el estómago.*
A menudo, el estado de ánimo influye en la forma de comer

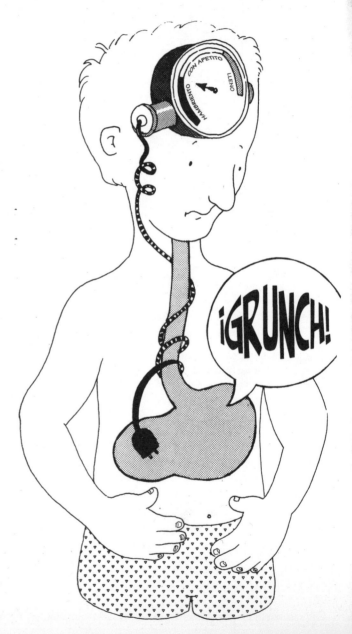

y digerir los alimentos. ¿Estabas disgustado o enojado cuando notaste esa sensación de piedra en el estómago?

Los científicos descubrieron que nuestro estado de ánimo influía en la digestión observando a un hombre llamado Tom. En efecto, Tom no podía tragar la comida porque su esófago, es decir, el tubo por el que pasan los alimentos camino del estómago, estaba dañado. De manera que no le quedó otro remedio que aprender a masticar la comida y luego a sacarla de la boca e introducirla en un tubo de goma especial que llegaba directamente al estómago.

Tom vivió así muchos años, y un día consintió en participar en un estudio. Dos médicos observaron su estómago a través del tubo para averiguar lo que ocurría cada vez que Tom comía.

Cuando Tom estaba muy enfadado, los médicos advirtieron que el tejido que constituye el forro del estómago cambiaba de rosa a rojo intenso, y que los jugos gástricos fluían más deprisa. Si comía en aquel momento, los alimentos pasaban a través del estómago incluso más rápidamente que de costumbre.

Cuando Tom se sentía desdichado, asustado o deprimido, su estómago también cambiaba de color, pero en lugar de adquirir un rojo intenso, palidecía considerablemente, al tiempo que los jugos gástricos eran más escasos. Al comer, el estómago carecía de la cantidad normal de jugos gástricos y en consecuencia el alimento permanecía en el estómago durante horas y horas, sin digerir.

Así pues, la próxima vez que te sientes a comer, tanto si se trata de mantequilla de cacahuete como de hígado a la plancha con salsa de espinacas, recuerda que tu estado de ánimo puede influir en los alimentos tanto como tu propia actitud frente a ellos, según te apetezcan más unos que otros.

Medidor del apetito

¿Qué provoca el apetito? Piensa en un limón. ¿Te hace sentir apetito? Ahora piensa en una tarta de chocolate. ¿Qué tal? ¿Notas algún cambio en el estómago o en la boca? ¿Reaccionas de una forma diferente cuando haces este experimento inmediatamente después de un gran ágape?

49

TÚ ERES EL ALIMENTO

AUNQUE no lo sientas, aunque ni siquiera te des cuenta, ¡«estás siendo comido» poco a poco en estos precisos momentos! Desde luego, eres incapaz de ver a la mayoría de las criaturas que te están devorando.

Independientemente de la cantidad de jabón que utilices, siempre tienes bacterias tanto fuera como dentro de ti. ¡En realidad, tienes más microbios —organismos microscópicos tales como bacterias o virus— en la piel y en el interior de tu organismo que seres humanos hay en el la Tierra! Están en la piel y el pelo, dentro de la nariz, de la boca y de los intestinos, y tú les proporcionas el desayuno, el almuerzo y la cena.

Para que te hagas una idea de su tamaño, harían falta nueve trillones de bacterias de tamaño mediano para llenar una cajita de chicles. En cualquier área minúscula de tu piel puedes encontrar alrededor de 300.000 de estos diminutos microbios.

Afortunadamente, la mayoría de las bacterias que hay en el cuerpo no sólo son necesarias, sino que también resultan beneficiosas. Los microbios de la piel, por ejemplo, son carroñeros. Andan en busca de otras bacterias para comérselas y se alimentan de las células muertas de la piel.

La bacteria presente en los intestinos, llamada Eschirichia coli, o E. coli, abreviando, come una parte de la fibra residual que tu cuerpo es incapaz de digerir, y al hacerlo, la descompone, poniendo a tu disposición sus nutrientes. Al mismo tiempo, produce vitamina K y vitamina B_{12}. La primera contribuye a que la sangre coagule cuando te cortas, y la segunda te protege de la anemia, una enfermedad que provoca debilidad y agotamiento.

Aunque la higiene personal es importante, los científicos han descubierto que es perjudicial eliminar demasiados gérmenes. Han criado animales superlimpios, totalmente libres de microbios. ¡En lugar de estar más sanos, enferman más fácilmente! Sin los microbios que deberían estar presentes en su cuerpo, los animales tienen dificultades para combatir los gérmenes externos. Por otro lado, los animales libres de microbios también tienen un corazón más débil y sus intestinos no funcionan como deberían.

Así pues, no sólo debes alimentar a tu cuerpo para mantenerte sano, sino que también tienes que alimentar a las bacte-

rias que habitan en él. Algunas de las cosas que ingieres, como el yogur o el queso, contienen bacterias beneficiosas para ti, pues contribuyen a acumular bacterias en el cuerpo.

Pero no sólo «estás siendo comido» por criaturas invisibles al ojo humano, sino también por otras que *sí puedes ver*, tales como los mosquitos y las moscas. Aunque los consideras un fastidio, para ellos tu sangre constituye un alimento exquisito. Sin ti y sin otros animales con los que nutrirse, les resultaría imposible sobrevivir.

Por lo tanto, la próxima vez que alguien pregunte: «¿Qué te está royendo poco a poco?», díselo sin más.

Lo que no puedes hacer

No existe ningún modo seguro y sencillo para ver los microbios que habitan en ti. Cierto es que podrías observarlos individualmente con un poderoso microscopio luminoso o un microscopio electrónico, o en colonias cultivándolos en una solución nutriente estéril, pero estos métodos requieren un equipo muy especializado. No obstante, hay una forma de ver otro tipo de organismo microscópico.

Lo que puedes hacer: cultivar moho

Material necesario:

plato limpio
servilleta de papel
rebanada de pan (con el pan blanco es más fácil de observar, aunque tarda más tiempo)
film de plástico de cocina

1. Humedece la servilleta de papel y colócala sobre el plato.
2. Pon la rebanada de pan sobre la servilleta.
3. Cúbrela con film de plástico de cocina y colócalo en un lugar oscuro.
4. Déjalo varios días y luego obsérvalo. Si dispones de una lupa de aumento o de un microscopio, utilízalo. Verás grupos de diminutos organismos microscópicos. Se trata de moho. El moho es un tipo de organismo diferente de los que viven dentro y fuera de tu cuerpo; son más una planta que un animal. Pero al igual que los microbios corporales, es tan pequeño que no se puede ver a simple vista, pese a estar presente en el aire y en las superficies que te rodean. Cuando encuentra un entorno adecuado, como en el caso de una rebanada de pan húmeda, crecen en grandes cantidades y se hacen visibles.

AL AIRE LIBRE

¡ENFRÍALO!

ómo puedes mantenerte fresco en esos calurosos días veraniegos? Con un poco de ciencia es facilísimo.

Material necesario:
un par de calcetines
un poco de agua
un día cálido y seco

1. Sumerge un calcetín en agua y luego escúrrelo.
2. Coge los dos calcetines y sal al aire libre. Póntelos (uno húmedo y el otro seco) y siéntate con los pies al sol. ¿Notas alguna diferencia de temperatura entre los pies?

Procedimiento

Tus pies están más frescos gracias a la evaporación. La evaporación es un proceso que utiliza energía para transformar un líquido en gas. Cuando el líquido se evapora de una superficie, el calor se agota y la superficie se enfría. Y eso es precisamente lo que les ocurre a tus pies. Al evaporarse, el agua consume el calor del sol y del cuerpo. El resultado es evidente: unos pies más fresquitos.

Asimismo, la evaporación también te proporciona una sensación de mayor frescor cuando estás frente a un ventilador en marcha. El aire en movimiento hace que el sudor se evapore más deprisa. A decir verdad, el efecto de enfriamiento de la evaporación es una de las razones por las que sudamos.

EL COLOR DE LAS PRENDAS DE VESTIR

QUÉ TIENE que ver la ciencia con la moda? Mira a tu alrededor. Cuando se acerca el invierno y el clima se enfría, la gente cambia sus prendas de vestir ligeras por otras más cálidas y pesadas. Estas prendas tienen algo en común además del peso y la calidez. El azul marino, el marrón, los verdes oscuros y los rojos oscuros son los colores por excelencia de las prendas de vestir invernales, a diferencia de las estivales, donde predominan los tonos apastelados y el blanco. Como comprobarás con el siguiente experimento, esto tiene una evidente explicación científica.

Material necesario:
2 vasos de papel blancos
termómetro climatológico o de cocina
un poco de pintura negra

1. Pinta de negro la cara exterior de un vaso de papel.
2. Vierte cantidades iguales de agua (a la misma temperatura) en los dos vasos y colócalos al sol, uno junto al otro, durante media hora.
3. Introduce el termómetro en ambos vasos para medir la temperatura del agua. ¿Cuál está más caliente?

Procedimiento
No te extrañes si el agua del vaso negro está más caliente. Los colores oscuros absorben la luz y la transforman en calor, mientras que los colores pálidos, por su parte, actúan a modo de reflectores y desvían la luz. Éste es el motivo por el cual resulta sensato, desde una perspectiva científica, vestirse con prendas de tonalidades oscuras y que absorben la luz en invierno, y con colores pálidos reflectantes de la luz y el calor en verano.

RELOJ SOLAR

OS RELOJES solares se inventaron hace miles de años. Si quieres, puedes construir uno.

Material necesario:
2 piezas de cartón corrugado grueso de 20 cm de lado. (Es aconsejable utilizar madera si vas a dejarlo a la intemperie, aunque necesitarás que alguien te eche una mano con la sierra.)
compás
bolígrafo
regla
transportador o semicírculo graduado
tijeras
cola blanca
cinta adhesiva

1. En una pieza de cartón de 20 cm de lado traza dos líneas diagonales de esquina a esquina, tal y como se muestra en la ilustración. El punto en el que se cruzan es el centro del cartón.
2. Ajusta el compás de manera que la punta y el lápiz estén separados 9 cm, y traza un círculo colocando la punta del compás en el centro del cartón. Ahora deberías tener un círculo de 18 cm de diámetro.
3. Divide el círculo en dos y marca doce puntos uniformemente espaciados alrededor de la circunferencia de un semicírculo. Numéralos por este orden: 6, 7, 8, 9, 10, 11, 12, 1, 2, 3, 4, 5. Ésta será la esfera.
4. Ahora puedes empezar a trabajar en el indicador triangular, llamado gnomon (que en griego significa «el que sabe»). En la segunda pieza de cartón traza una línea de 8 cm de longitud para la base del gnomon.
5. Para que el reloj de sol funcione correctamente, debe estar situado en el mismo ángulo que la latitud en la que uno vive. Utiliza el Buscador de Latitudes de la página siguiente para averiguar cuál es el ángulo correcto del gnomon

(los ejemplos se refieren a Estados Unidos y Canadá, pero te servirán para practicar). Cuando lo tengas, usa un transportador para marcar dicho ángulo en un extremo de la línea que constituye la base del gnomon.
6. Traza una línea de 20 cm de longitud desde el extremo de la base del gnomon y que pase por la marca, conectándola posteriormente con el otro extremo de la basa. Recorta el gnomon.
7. En la esfera, traza una línea desde el número 12 hasta el centro del círculo y haz una señal a 1 cm del centro. Coloca la base del gnomon coincidiendo con dicha línea, con el ángulo que has medido tocando la marca. Pégalo en su sitio y asegúralo con cinta adhesiva. La esfera está lista.
8. Busca un lugar en el que dé el sol durante todo el día. Sin embargo, y aunque parezca extraño, deberás esperar a que anochezca para instalarlo. Esto es debido a que la punta del gnomon debe estar orientada al norte, y la mejor manera de hacerlo consiste en alinearla con la estrella Polar (la que brilla en el extremo de la cola de la Osa Menor). Mira a lo largo de la inclinación del gnomon hasta que la punta esté orientada hacia la estrella, y luego fija la esfera en su sitio de manera que no pueda moverse fácilmente.
9. Para saber qué hora es con tu reloj de sol, observa la sombra que proyecta el gnomon. El número del dial con el que coincida será la hora correcta.

¿Por qué tiene que estar angulado el gnomon?
Dado que la Tierra está inclinada respecto a su eje, el sol parece estar más bajo en el horizonte en invierno y más alto en verano. Este aparente desplazamiento forma un ángulo con el horizonte al amanecer y en el ocaso. Dondequiera que estés, ese ángulo es igual a tu latitud. Si construyes el gnomon del reloj de tal modo que forme el mismo ángulo con la base, la sombra siempre se proyectará en el mismo punto, hora tras hora, durante todo el año.

BUSCADOR DE LATITUDES

Ciudad	Latitud*	Ciudad	Latitud*	Ciudad	Latitud*
Vancouver, B.C.	49 N	Montreal, Quebec	43 N	Chicago, Illinois	41 N
Edmonton, Alberta	53 N	Ciudad de Quebec, Quebec	46 N	Houston, Texas	29 N
Calgary, Alberta	51 N	Halifax, Nueva Escocia	44 N	Nueva Orleans, Louisiana	30 N
Winnipeg, Manitoba	50 N	St. John's, Terranova	47 N	Washington, D.C.	39 N
Toronto, Ontario	44 N			Nueva York, Nueva York	40 N
Ottawa, Ontario	45 N	Los Ángeles, California	34 N		
		Ninneapolis, Minnesota	45 N		

NOTA: Si tu lugar de residencia no figura en la tabla, búscalo en un atlas.   * redondeado al grado más próximo.

DEPURADOR SOLAR DE AGUA

Cómo puedes eliminar la suciedad de un agua lodosa? ¿Metiéndola en la lavadora? ¿Filtrándola? La forma más fácil de hacerlo consiste en construir este sencillo purificador de agua y dejar que el sol se ocupe del trabajo restante.

Material necesario:
bañera portátil o barreño grande
espejo de menor diámetro que la bañera o barreño
2 piedras limpias y pequeñas
trozo de film de plástico transparente para guardar los alimentos lo bastante grande como para ajustarse a la bañera o barreño
cinta adhesiva

1. Llena la bañera con 5 cm de agua lodosa.
2. Colócala donde le dé el sol durante todo el día.
3. Pon el cristal en el centro del barreño y ánclalo, si es necesario, con una piedra.
4. Cubre la bañera con film de plástico transparente, ténsalo y sujétalo firmemente con cinta adhesivo.

5. Coloca una piedra sobre el envoltorio de plástico, en el centro del cristal (no dejes que la piedra toque el cristal) y luego observa lo que ocurre. Durante el día, se forman gotas de agua limpia en el interior del film de plástico y se precipitan sobre el cristal.

Procedimiento
El calor del sol calienta el agua, evaporándola (transformándola en vapor de agua). Cuando el vapor entra en contacto con el film de plástico, que está más frío, vuelve a condensarse en forma de gotitas de agua. Acabas de purificar el agua mediante un proceso llamado destilación. Pero ¿qué le sucede al lodo?

La suciedad y los diversos materiales que componen el lodo no se evaporan a la misma temperatura que el agua. De ahí que cuando se evapora el agua, aquellas partículas queden atrás y el agua recogida en el vaso contenga muy escasas impurezas.

Con frecuencia, la destilación se utiliza cuando hay que separar las sustancias presentes en una mezcla o compuesto. En este sentido, por ejemplo, constituye un modo de elaborar agua potable a partir de agua salada marina.

VELOCÍMETRO SOLAR

TODOS sabemos que la Tierra gira y que ésta es la razón por la que el sol da la impresión de moverse por el firmamento. Este velocímetro solar, muy fácil de construir, te permitirá calcular la velocidad de nuestro planeta.

Material necesario:
lupa de aumento
cinta adhesiva
silla
hoja de papel
cronómetro o reloj con secundera

1. Sujeta con cinta adhesiva el mango de la lupa de aumento al asiento de la silla, de manera que la lente sobresalga horizontalmente del borde, y colócala en un lugar soleado.
2. Pon el papel de tal modo que la luz solar pase a través de la lente y se proyecte en el mismo. Aproxima el papel a la lente, o desplaza la silla para alejar un poco la lente del papel, hasta conseguir que ésta proyecte un círculo luminoso bien definido. Puedes utilizar libros o cajas para ajustar la altura del papel o la silla.
3. Traza una circunferencia alrededor del punto de luz y luego, con un cronómetro o un reloj con secundera, mide el tiempo que tarda la luz en desplazarse completamente del círculo.

¿Qué ocurre?
El punto luminoso es en realidad una imagen en miniatura del sol. Cuando abandona totalmente el círculo que has trazado a su alrededor, la Tierra ha recorrido 0,5° de su rotación de 360°. Si multiplicas el tiempo que ha tardado tu «punto solar» en cubrir esos 0,5° por 720 y lo conviertes en horas, obtendrás la duración aproximada real de un día. Los astrónomos emplean relojes atómicos para medir la duración exacta del día.

Colectores solares
A menudo, la energía solar se capta con lentes o reflectores. Ya has comprobado la rapidez con la que se mueve el punto de luz solar, de manera que podrás imaginar lo difícil que resulta conseguir que la luz se proyecte directamente en los colectores solares. La solución más habitual a este problema consiste en utilizar motores que los hacen girar a la misma velocidad de rotación de la Tierra, aunque en dirección opuesta. Así, permanecen orientados hacia el sol durante todo el día.

¿DE DÓNDE PROCEDE EL VIENTO?

TE HAS parado a pensar alguna vez en el origen del viento? Con este experimento transformarás una bombilla corriente en una máquina productora de viento.

Material necesario:
lámpara
polvos de talco

1. Desmonta la pantalla de la lámpara y da la luz.
2. Cuando la bombilla esté caliente, pulveriza un poquito de polvos de talco sobre ella y observa lo que sucede.

Procedimiento
Una corriente ascendente de aire cálido, o viento, calentada por la bombilla se encarga de elevar los polvos de talco. El viento real se desencadena cuando el sol calienta la tierra y ésta, a su vez, calienta las capas superiores de aire. Este aire caliente se expande, haciéndose más ligero, y asciende, dejando espacio para que el aire más pesado y más frío ocupe su lugar. Este movimiento del aire es lo que llamamos viento.

recorta
una espiral
de papel

MATERIAL NECESARIO:
bombilla
lápiz
hoja de papel
tijeras

1. Recorta una espiral de papel, tal y como se indica en la ilustración.
2. Equilibra el centro de la espiral sobre la punta de un lápiz. Tal vez tengas que hacer una pequeña hendidura en el papel para evitar que resbale, pero no perfores el papel.
3. Da la luz y espera unos minutos hasta que se caliente la bombilla. Luego, sostén el lápiz con la espiral en equilibrio sobre la bombilla. ¿Qué ocurre?

Procedimiento

La espiral empieza a girar porque la bombilla ha calentado el aire que la rodea. Este aire cálido y más ligero asciende lentamente, creando un miniviento que hace dar vueltas a la espiral al igual que el viento real hace girar un molinete.

LLUVIA CASERA

QUE LLUEVA, que llueva...», dice la vieja cancioncilla. Pero ¿de dónde procede toda esa lluvia? Un modo de averiguarlo consiste en producir un poco de lluvia en la cocina.

Material necesario:
cuchara metálica grande o cucharón
tetera llena de agua hasta ¼

1. Pon la cuchara o el cucharón en el congelador para enfriarlo.
2. Cuando esté congelado, empieza a calentar el agua de la tetera (No saques la cuchara del congelador hasta que el agua hierva.) A medida que el agua se vaya calentando, se transformará en vapor. Quien más, quien menos cree que el vapor blanquecino que sale de la tetera es auténtico vapor, cuando en realidad no es así, ya que éste es invisible. Si observas detenidamente —¡aunque sin acercarte demasiado!— en el pitorro de la tetera, verás un espacio entre éste y donde empieza el vapor blanquecino. Dicho espacio es el vapor propiamente dicho, que al entrar en contacto con el aire exterior se enfría y se transforma en vapor de agua, visible en forma de nubecilla blanca.
3. Cuando el agua esté hirviendo, sostén la cuchara en el vapor blanco que sale por el pitorro de la tetera. En pocos segundos, estará «lloviendo» en tu cocina.

Procedimiento
La cuchara congelada enfría bruscamente el vapor de agua que sale por el pitorro de la tetera, que se condensa y se precipita en forma de «lluvia».

Lluvia real

La lluvia real se produce de un modo muy similar al de la lluvia casera, aunque de una forma más gradual. En lugar de un fogón, es el sol el que calienta el agua de los ríos, lagos, océanos e incluso charcas de la Tierra. Afortunadamente para los peces, las ranas y los bañistas, no llega el suficiente calor solar a nuestro planeta como para que hierva el agua, pero sí el suficiente para permitir que un sinfín de minúsculas moléculas de agua se escapen y asciendan en el aire. Este fenómeno se denomina «evaporación».

Cuando el aire caliente portador de agua asciende, se enfría, formando una nube de vapor de agua, al igual que la nubecilla que se formó al hervir el agua de la tetera.

El aire frío es incapaz de retener tanta agua como el aire caliente, de manera que al enfriarse demasiado como para contener todo el vapor de agua en su interior, una parte del agua se precipita de nuevo en la tierra en forma de lluvia o nieve. Este ciclo se reinicia constantemente.

ANOTA UNA CARRERA: LOCALIZA EL SWEET SPOT

SI ALGUIEN te dijera que un bate de béisbol tiene un *sweet spot* (que en inglés significa literalmente «punto dulce» y es la zona del bate con la que se consigue un golpe perfecto al impactar la pelota), ¿se te ocurriría decir: «Que sea de chocolate, por favor»?

Pues bien, no seas tan glotón, porque lo que hace que este «punto» sea tan «dulce» es la fascinación que ejerce en los jugadores de béisbol. En efecto, si consigues darle a la pelota en el *sweet spot*, ésta recorrerá una mayor distancia.

¿Cómo localizarlo? Dando un par de lametones a la madera desde luego que no, pero sí mediante el siguiente experimento.

Material necesario:
bate de béisbol
pelota de béisbol

1. Sostén un bate de madera cerca del mango, como se muestra en la ilustración, entre el pulgar y el índice de una mano. Si tienes un bate de aluminio, sostenlo a un cuarto de distancia del extremo.
2. Coge la pelota de béisbol con la otra mano y golpéala contra el mango del bate, justo por debajo del lugar por el que lo estás sosteniendo. Percibirás la vibración de la madera en la mano. (¡Un bate de aluminio, no sólo vibra, sino que emite un zumbido!)
3. Continúa golpeando con la pelota a medida que desciendes por el bate hasta llegar al extremo opuesto. En alguna zona a lo largo del bate descubrirás un punto en el que el golpe no provoca ninguna vibración ni el menor movimiento de tu mano. ¡Has encontrado el *sweet spot*!

Muchas cosas vibran al golpearlas. Sin embargo, cada objeto vibrante posee uno o dos puntos en los que las vibraciones son mínimas y casi imperceptibles. Dichas áreas se denominan nodos. Pues bien, el *sweet spot* está situado cerca de un nodo.

Cuando hayas localizado el «punto dulce» de tu bate, hazle una señal y luego pide a un amigo que te lance unas cuantas pelotas. Observarás que golpeándolas con el *sweet spot* todo parece más fácil. Las mandarás más lejos, con menos esfuerzo y la mano no se resentirá de los impactos como cuando golpeas la pelota con otras partes del bate. Incluso emitirá un sonido muy agradable: un «crac» claro y rotundo.

Cuestión de energía

Material necesario:
pelota de béisbol
bate
un amigo

1. Agáchate y sostén el bate frente a ti.
2. Dile a tu amigo que suelte una pelota de béisbol de tal modo que ésta vaya golpeando en distintos puntos del bate. Fíjate en la altura de cada rebote. ¿En qué zona ha botado más alto?

Un bate en movimiento y una pelota en movimiento transportan muchísima energía, y cuando ambos colisionan, la pregunta es: ¿se combinará su respectiva energía para lanzar la bola lo más lejos posible o se desperdiciará una parte de la misma? Golpear una pelota con el *sweet spot* del bate concentra la máxima cantidad de energía en la consecución de un buen lanzamiento, mientras que impactarla en cualquier otro punto desaprovecha una parte de energía transformándola en vibraciones y movimiento del bate.

Los bates de béisbol no son las únicas piezas de equipo deportivo que disponen de un *sweet spot*. Las raquetas de tenis, las palas de ping-pong e incluso los palos de golf también lo tienen. ¿Serías capaz de localizarlo?

Probablemente te hayas dado cuenta de que algunos fabricantes de equipo deportivo simplifican la identificación del *sweet spot* pegando una etiqueta en la zona correspondiente. En ocasiones es cierto, pero en otras no. El único modo fiable de encontrarlo es con el test anterior.

Los cuidados del bate
- No golpees la base del bateador ni el suelo con el bate.
- No dejes el bate a la intemperie cuando llueva. La humedad deforma la madera y realza los nudos.
- Si los nudos de la madera presentan algún relieve, líjalos con un hueso blando o un pedazo de madera dura. Es lo que se conoce como bruñido.
- Frota el bate con aceite si se moja y también antes de guardarlo durante el invierno.
- Guarda el bate en un lugar seco y fresco, y siempre en posición vertical. Si es posible, cuélgalo de una viga en un sótano seco.

AGUA, AGUA POR DOQUIER

AAAAH! No hay nada como un frío día de invierno para deslizarse cuesta abajo, a toda velocidad, con los esquís acuáticos. ¿¿¿¿¿ESQUÍS ACUÁTICOS?????

¡Vaya! Si reflexionas un poco, llegarás a la conclusión de que todos los practicantes del esquí son esquiadores acuáticos. Los especialistas en esquí alpino y esquí de fondo tal vez crean estar deslizándose sobre la nieve, aunque en realidad lo hacen sobre una fina capa de agua. Cuando los esquís frotan contra la nieve, generan una fricción que funde la nieve y la transforma en agua. Sin esta capa de humedad, los esquís de nieve no podrían deslizarse, quedarían atorados.

Es probable que hayas visto a los competidores de *curling* barriendo furiosamente el hielo con una escoba. No lo hacen porque el hielo esté lleno de polvo, sino porque al pasar las cerdas por el hielo también se produce una fina película de agua que facilita el deslizamiento de la piedra de *curling*. Asimismo, los trineos y los *bobsleighs* también se deslizan sobre agua.

Los patines de hielo constituyen otro ejemplo de deslizamiento sobre una película de agua. La fricción causada al deslizarse funde ligeramente el hielo, si bien es cierto que en lo que se refiere al patinaje sobre hielo existe algo más que una simple fricción. En efecto, podríamos decir que éste es un deporte de alta presión. Las hojas de los patines son tan estrechas que el peso del cuerpo se concentra en un área muy reducida de hielo. Dicha presión es capaz por sí sola de fundir el hielo. Compruébalo con el siguiente experimento.

Material necesario:
cubito de hielo
clip mediano o grande

1. Abre el clip hasta formar una pieza de alambre relativamente rectilínea.
2. Pon el cubito de hielo en un plato o servilleta de papel.
3. Coloca el clip previamente estirado sobre el cubito de hielo, sostenlo por los extremos y presiónalo hacia abajo durante algunos minutos.

La presión que estás ejerciendo sobre el cubito de hielo crea una capa de agua, al igual que lo hacen tus patines. Dado que el agua del hielo fundida sigue estando muy fría, empezará a recongelarse alrededor del clip. (Si no es así, tal vez sea debido a que la temperatura de la estancia es demasiado elevada. Repite el experimento al aire libre y en un día frío.)

**La asombrosa ilusión óptica del alambre
que atraviesa el hielo**

Material necesario:
lata de café grande
1 m de alambre
2 ladrillos u otros pesos similares
invierno: este experimento da mejores resultados cuando la
     temperatura es de 0 ºC a –10 ºC

1. Llena la lata de agua casi hasta los topes y congélala.
2. Ata un ladrillo en cada extremo del alambre.
3. Coloca la lata llena de hielo bajo un chorro de agua caliente hasta que el bloque se deslice fuera de la lata. Colócalo sobre una barandilla, un listón de madera o un par de ladrillos, de manera que cuando apoyes el alambre sobre la cara superior del bloque de hielo, los ladrillos atados a cada extremo queden colgando libremente.

4. Déjalo ahí hasta que el alambre se haya introducido poco a poco en el bloque de hielo hasta la mitad. Podría tardar un día o más dependiendo de la temperatura exterior.
5. Desafía a tus amigos a adivinar cómo se ha podido introducir el alambre en medio del sólido bloque de hielo.

Un pequeño enigma del deporte: ¿Por qué los esquiadores de fondo enceran sus esquís?

No, no es para hacerlos más resbaladizos, sino todo lo contrario, es decir, para que se agarren a la nieve. La técnica del esquí de fondo es la siguiente: el esquí derecho se agarra a la nieve mientras el izquierdo se desliza hacia delante; luego, el esquí izquierdo se agarra a la nieve mientras el derecho se desliza hacia delante.

Al descender por un desnivel en esquí de fondo, la nieve y la cera se funden en un abrazo en la base de los esquís. Las pequeñas puntas, o «brazos», que presentan los copos de nieve en su superficie se adhieren a la cera y mantienen el esquí en su sitio. Esta conexión entre la cera y la nieve es lo bastante fuerte como para proporcionar una base desde la que impulsarse hacia delante.

Diferentes tipos de copos de nieve requieren distintas clases de cera. Los copos recién caídos son como los que ilustran las tarjetas navideñas de felicitación: tienen unos brazos largos y puntiagudos que se aferran firmemente a una cera dura. Pero a medida que los copos van envejeciendo, sus brazos se acortan y redondean, necesitando una cera blanda. Por último, los copos carecen de brazos y sólo se adhieren a una cera tan blanda y pegajosa que se comercializa en tubos, al igual que la pasta dentífrica.

POTENCIA A PEDALES

Consumes demasiada energía cuando montas en bicicleta? Así es si los neumáticos no están bien inflados. Con este experimento aprenderás a incrementar la potencia de tu pedalada sin utilizar más energía de la estrictamente necesaria.

Material necesario:
bomba de inflado para bicicletas
tiza
una colina

1. Comprueba que los neumáticos están inflados y que tienen la presión adecuada (a menudo figura impresa en el lateral del mismo neumático).
2. Lleva la bici hasta lo alto de una colina, date un impulso —el suficiente para que la bicicleta empiece a rodar— y baja por la pendiente.
3. Cuando la bicicleta se haya detenido, señala el lugar con tiza.
4. Sube de nuevo la bici hasta lo alto de la colina y deja escapar un poco de aire de los neumáticos, de manera que queden a medio inflar.

5. Impúlsate y baja por la pendiente. ¿Crees que vas a llegar tan lejos como antes?

Procedimiento
Todos los objetos, incluyendo los neumáticos de una bicicleta, ofrecen resistencia al deslizamiento, movimiento o rodamiento sobre otros objetos (el terreno o la carretera). Esta resistencia se denomina *fricción*. La fricción aumenta con la cantidad de contacto entre los objetos, de tal modo que cuanto menos aire hay en un neumático, más se aplasta contra el suelo y mayor es la fricción entre el neumático y el firme, lo cual hace más difícil que el neumático ruede y reduce más deprisa la velocidad de la bicicleta en su descenso por la pendiente.

El incremento de fricción también dificulta el pedaleo. Así pues, ahorrarás mucha energía si te aseguras de que los neumáticos de tu bici estén bien inflados. Asimismo, puedes contribuir al ahorro de energía verificando la presión de los neumáticos del automóvil familiar. La presión correcta a efectos de seguridad y eficacia figura impresa en un adhesivo, casi siempre en el interior de la puerta del coche.

LA RAMPA MÁGICA

LA PRÓXIMA vez que tengas que levantar algo pesado, utiliza una rampa de ahorro de energía. Este experimento te mostrará en qué consiste.

Material necesario:
aro de goma fino
piedra del tamaño de un puño
trozo de cuerda lo bastante largo para atar alrededor de la piedra
regla
3 libros

1. Ata la cuerda alrededor de la piedra y pásale el aro de goma de manera que puedas tirar de ella.
2. Apila los libros y coloca la regla inclinada, tal y como puedes observar en la ilustración.
3. Usa el aro de goma para tirar de la piedra hacia arriba, siguiendo la regla. Fíjate en cómo se estira el aro de goma.
4. Ahora, retira la regla y levanta la piedra directamente desde el suelo, tirando asimismo del aro de goma, hasta la superficie del libro superior. ¿Se ha estirado más la gomilla esta vez?

Procedimiento
Cuanto más se estira el aro de goma, más fuerza estás utilizando para desplazar la piedra desde el suelo hasta los libros apilados. Tanto si empleas una rampa como si levantas directamente la piedra, realizas la misma cantidad de trabajo, pero la longitud del estiramiento de la gomilla te indicará la diferencia en la fuerza necesaria para hacerlo. Ahora usa como rampa una regla de distinta longitud y observa lo que ocurre. En efecto, cuando utilices una rampa, su tamaño dependerá del tamaño y el peso del objeto que estés intentando desplazar.

RESPUESTAS

La fibra, los «flotadores» y los «plomos», página 46:
1) judías blancas cocidas 11g; 2) barras de cereales 6,1 g;
3) zanahoria cruda 3,7 g; 4) manzana 3,1 g; 5) pan de trigo
integral 2,4 g; 6) pan blanco 0,8 g; 7) uvas 0,4 g; 8) huevo 0 g.

Títulos publicados: